武汉封城
坚守与逆行

本书编辑组

武汉：众志成城

2020年1月23日，中国最隆重的传统节日——春节除夕的前一天，武汉，这个横跨两江、坐拥三镇的中国内陆特大城市宣布"封城"：自1月23日10时起，武汉全市城市公交、地铁、轮渡、长途客运暂停运营；无特殊原因，市民不要离开武汉，机场、火车站离汉通道暂时关闭。

封城！

这个消息震动了中国，也震动了世界。封城，不只在中国，在世界上也是少之又少，更何况是中国大省湖北的省会，一座"九省通衢"、有着1200万人口的特大城市。

武汉怎么了？

时间回到一个月前。2019年的武汉，本来在年复一年中也没有更多的不寻常。年底了，忙碌了一年的人们沉浸在迎接元旦的喜悦中，忙着采购年货，计划着亲朋好友的相聚。谁也没有发觉，一场灾难正悄无声息地降临。

12月底，武汉华南海鲜批发市场陆续出现不明原因肺炎病人。12月31日，武汉市官方确认属实。

2020年1月7日，病原检测结果初步评估专家组实验室检出一种新型冠状病毒，获得该病毒的全基因组序列。专家组认为，本次不明原因的病毒性肺炎病例的病原体初步判定为新型冠状病毒。对此，党中央高度重视，迅速作出部署，全面加强对疫情防控的集中统一领导。在7日习近平总书记主持召开的中央政治局常委会会议上，就对做好疫情防控工作提出了要求。

1月中旬，国家卫健委高级别专家组再赴武汉。

1月20日，习近平总书记专门就疫情防控工作作出指示，要求各级党委和政府及有关部门要把人民群众生命安全和身体健康放在第一位，采取切实有效措施，坚决遏制疫情蔓延势头。同一天，钟南山院士向媒体表示：（武汉新冠肺炎）有人传人现象。

1月22日，湖北省启动突发公共卫生事件二级应急响应。由此进入非常时期。

1月23日凌晨，武汉市新型冠状病毒感染的肺炎疫情防控指挥部发布1号通告：自1月23日10时起，武汉全市城市公交、地铁、轮渡、长途客运暂停运营；无特殊原因，市民不要离开武汉，机场、火车站离汉通道暂时关闭。

新冠肺炎的突然到来，使得14亿中国人顿时开启"战疫"模式，更是将武汉卷入疫情的暴风眼。

宣布这个决定是艰难的，也是坚决的。为了确保人民生命安全和身体健康，切断与外界的通道就是切断病毒传播途径，就是要遏制住疫情蔓延势头。

武汉封城了。这是这座城市最安静、也最汹涌的一天。街道上，没有什么车，不多的行人戴着口罩，过往匆匆。但在互联网上，"武汉"一跃成为热度最高的词汇，大量滚动的信息不断刷新着这座城市的进行时。

为遏制疫情蔓延，1月25日，武汉市宣布将进一步阻断武昌、汉口、汉阳三镇之间的公共交通。下午3点，全国24个省区市启动重大突发公共卫生事件一级响应，涵盖总人口超过12亿人。

疫情蔓延的速度惊人。截至1月29日，全国31个省区市已全部启动重大突发公共卫生事件一级响应。1月31日凌晨，世界卫生组织（WHO）宣布，新冠病毒疫情的全球性暴发为"国际关注的突发公共卫生事件（PHEIC）"。

疫情迅速改变了人们的生活。整个春节期间，有多少人每天早上醒来第一件事就是查看疫情实时动态，在全国不断攀升的数字中，最醒目也最让人揪心的就是武汉，这里的确诊病例和疑似病例人数每天都在呈几何式增长。

不断蔓延的疫情笼罩着这座城市，商业企业停工停产，昔日繁华的街道空空荡荡，医院里挤满了求治的病人，每时每刻不断刷新的各种求助信息，还有随着疫情一起蔓延的恐惧、焦虑……这么多病人怎么救治？医护人员、医疗设备到底够不够？留在城中的近千万居民的生活怎么办？武汉还会好起来吗？

没有不停的雨，天总会晴的。

留在城中的市民在相互慰藉，在坚守着；城内超市、加油站、物流努力为居民提供着各种生活保障；各机关单位取消了年假，全天候待命；交警、路政、城管全线上岗，通宵不眠；医院里那些"逆行"的白衣天使们每天24小时超负荷地在抢救、抢救、抢救……大家在默默地共同呵护着这座巨大的城市。

封城不是封心，武汉不是孤岛。

1月25日，正月初一，中国新年的第一天，在习近平总书记主持召开的中央政治局常委会会议上，对疫情防控工作进行了再研究、再部署、再动员，决定成立中央应对疫情工作领导小组，派出中央指导组，要求国务院联防联控机制充分发挥协调作用。之后，习近平总书记又先后主持召开了3次中央政治局常委会会议、1次中央政治局会议，专题研究疫情防控工作和复工复产工作。2月10日，到北京市调研指导疫情防控工作，视频连线了湖北和武汉抗疫前线，听取前方中央指导组、湖北指挥部工作汇报。还主持召开中央全面依法治国委员会、中央网络安全和信息化委员会、中央全面深化改革委员会、中央外事工作委员会等会议，从不同角度对做好疫情防控工作提出要求。党中央印发了《关于加强党的领导、为打赢疫情防控阻击战提供坚强政治保证的通知》。习近平总书记时刻关注着疫情防控工作，每天都作出口头指示和批示。中央应对疫情工作领导小组及时研究部署工作，中央指导组积极开展工作，国务院联防联控机制加强统筹协调，各级党委和政府积极作为，同时间赛跑，与病魔较量，形成了抗击病魔的强大合力。

岂曰无衣，与子同袍。生死攸关，这不只是武汉的战斗，更是人类与病毒的一场遭遇战。疫情从武汉迅速蔓延，支援从全国、全世界来到武汉。疫情让人们在空间上保持距离，却让人们在心灵上贴得更近。从除夕夜全国各地医护人员奔赴武汉开始，武汉就一定会好的。从2月1日治愈人数超过死亡人数开始，武汉就一定会好的。从2月2日火神山医院10天落成开始，武汉就一定会好的。从那些平凡的陌生人纷纷伸出援助之手开始，武汉就一定会好的。从众多国家政府和人民送来的一声声祝福和一批批医疗物资开始，武汉就一定会好的。

长江和汉水几千年来一直滋养着呵护着这块土地，敢为人先、追求卓越的武汉人在100多年里历经风风雨雨。这是一座英雄的城市。1911年，以武昌首义为标志的辛亥革命推翻了中国最后一个封建王朝，近几十年无数次的迎战特大洪水，2003年抗击非典，武汉百年以来塑造了一个坚毅的面孔，今天又要直面一场严峻而残酷的考验。

为了把疫情病魔封堵住，不再向外蔓延，近千万武汉市民选择了留城坚守，选择了直面疫情与恐惧。正如习近平总书记所说："中华民族历史上经历过很多磨难，但从来没有被压垮过，而是愈挫愈勇，不断在磨难中成长、从磨难中奋起。"今天的武汉就是中国的雕像，她经历过风雨、扛住过灾害、赢得过挑战。武汉是英雄的城市，湖北人民、武汉人民是英雄的人民，历史上从来没有被艰难险阻压垮过。

"沧海横流，方显英雄本色。"是的，有近千万武汉人的坚守与担当，有14亿中国人逆行而上的众志成城，武汉这座英雄的城市一定能够过关。不久的将来，我们一定能再看到江汉路上熙熙攘攘的人流、武汉大学里的漫漫樱花，再看到一个舟车流水、生机勃勃的武汉。

目　录

武汉：众志成城

第一章　平凡英雄：我们在武汉 … 1
  1. 镜头下的武汉城 … 4
  2. 疫情下的私人记述：封城日记 … 8
  3. 英雄就在城里面 … 19
  4. 治愈者说 … 27

第二章　"逆行者"：向死而生 … 39
  1. 没有硝烟的战场 … 42
  2. 面对病毒，我必须跑得更快 … 48
  3. 从死神手里抢病人 … 51
  4. 向死而生 … 55
  5. 护目镜下的视界 … 59
  6. 若有战，召必至，战必胜！ … 62
  7. 战"疫"进行时 … 68

第三章　生死竞速火神山 … 71

　　1．吹响的集结号 … 74

　　2．与时间赛跑，一小时一变样 … 79

　　3．战"疫"进入新阶段 … 84

第四章　这一刻，我们都是武汉人 … 87

　　1．全国一盘棋 … 89

　　2．战"疫"，没有旁观者 … 91

　　3．武汉，你值得最好的！ … 97

　　4．不普通的生命亮度 … 100

　　5．走到哪里都不变，我的中国心 … 106

第五章　守望相助的命运共同体 … 113

　　1．"中国正采取史无前例的措施遏制疫情蔓延" … 115

　　2．"我们将与中国朋友并肩作战" … 117

　　3．我为什么留下来 … 128

　　4．"我相信她将最终成功" … 134

编后语

鸣　谢

第一章

平凡英雄：我们在武汉

1. 镜头下的武汉城
2. 疫情下的私人记述：封城日记
3. 英雄就在城里面
4. 治愈者说

世上没有从天而降的英雄，只有向死而生的凡人。

2020年1月的武汉，原先一派祥和的春节气象被病毒打断，熟悉的生活像突然被按下了"暂停键"。

2020年1月23日凌晨，武汉市提前8个小时，宣布了即将封城的消息。8个小时的时间里，没有出现电影中人人争相逃离的画面，甚至连离开武汉的交通，都没有拥堵。逃出去，意味着能得到更好的救治。求生，是一个人的本能。

隔一座城，护一国人。

近千万武汉人选择了响应号召，死守武汉。他们知道城里当时的医疗资源严重不足，他们知道留下来会面临更大的感染率和死亡率，他们也知道留下来可能还要面临物资紧缺，一切都会变得难以预料。

截至2月3日晚12时，全国确诊病例的病死率是2.1%，湖北省3.1%，武汉市4.9%。除湖北省外，其他省病死率0.16%。也就是说，留在武汉的病死率，是湖北之外的30倍。

留下来的武汉人，毅然把病毒关在自己的城市里，用生命筑起了一道防线。许多人自我隔离在家中，以武汉人特有的豁达和乐观坚守着；许多人坚守岗位，他们是医生护士、人民警察、水电气油保供人员、蔬菜供应商、环卫工人、快递员、社区工作人员、公务员……他们是无数维持城市正常运转的普通人。

武汉，是武汉人的家。只要还有一线希望，他们也要不计代价，守住自己的家。

武汉本来就是一座英雄的城。这座城市里的每一份善良、勇敢和温暖，每一位平凡英雄，如点点星光，照亮黑夜，给人无限信心等待太阳升起的时刻。

武汉不是350多年前的亚姆村，但有亚姆村村民一样的善良和勇敢。我们有勇气坚守，有信心等待，等这个城市重回山花烂漫，等这个城市重新按下"播放键"。

1. 镜头下的武汉城

下面的图片来自两位摄影师，一位是武汉本地摄影师老白，一位是《三联生活周刊》的摄影记者蔡小川。老白说，作为一个记录者，他想真实地展现这个特殊时刻。蔡小川说，在来武汉之前，他不清楚自己作为一个图片摄影能起到什么作用，来拍这些东西是想说明什么，但他想，如果不能在这个时刻近距离记录他们，可能也是一种冷漠吧。

文字可以记录历史，可以温暖人心。图片在某些时候，却胜过千言万语。

2020年1月27日，武汉空无一人的街道，老白在图片上加上了"武汉加油"。（老白屹/摄）

2020年2月2日，老白家小区内，穿着防护服的小区工作人员。（老白屹/摄）

空旷的户部巷天桥下，左下角那位老人抱着琴，琴声带给整条街一丝生气。（蔡小川／摄）

在私家车未经特许禁止上路后,出行只能靠蹬车了。(蔡小川/摄)

武汉第七医院里有不少来打吊针的人 (蔡小川/摄)

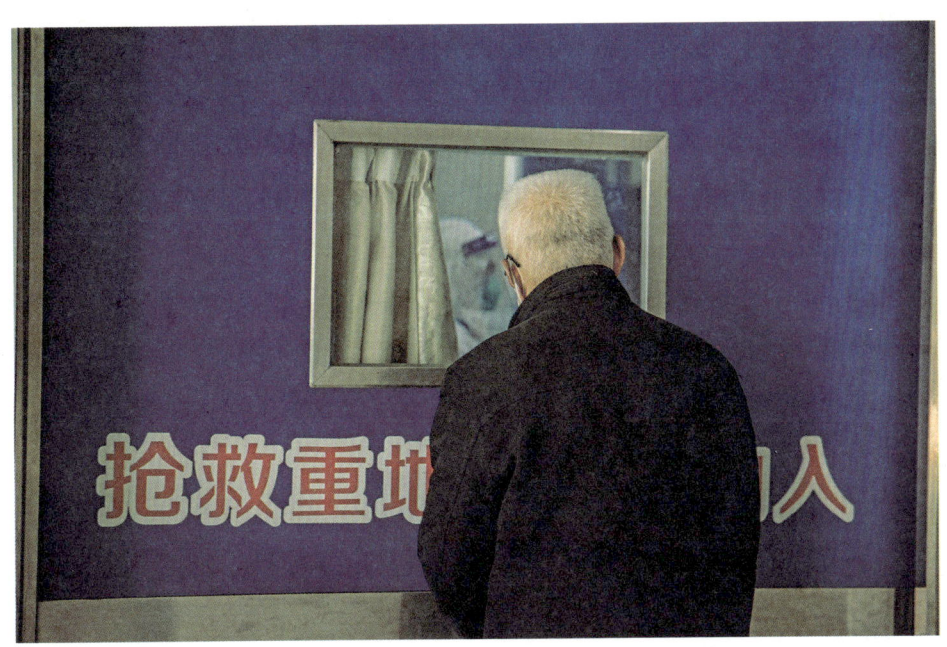

老爷爷在门口看着正被抢救的老伴 （蔡小川/摄）

与第七医院一墙之隔的居民楼。左边的老奶奶晒着太阳织毛衣，右边的老爷爷和老奶奶在晾衣服。这样的场面让人抱有对美好生活的希望。（蔡小川/摄）

2．疫情下的私人记述：封城日记

当疫情降临时，每个人都被迫卷入其中。病痛会折磨患者的身体，对那些未感染的普通人来说，疫情也凶暴地打断了他们有规律的日常生活，让社会瞬间进入非常状态。

紧张，有的；焦虑，也是有的。但你也能在其中发现一种理智与平和，是紧张中的盘算和焦虑中的谨慎，以及一种理智的等待：瘟疫终将过去，瘟疫必将过去，我们会好好活下来，并把它记录下来，告诉每一个人，我们是如何度过并战胜了这场灾难。

◆ 一份来自疫区核心的市民观察

（徐晏清）

2020年1月23日

凌晨2时许，我刚关闭电脑准备回房休息，看见手机有推送的新闻，打开浏览，头条即让人睡意全消：

自2020年1月23日10时起，全市城市公交、地铁、轮渡、长途客运暂停运营；无特殊原因，市民不要离开武汉，机场、火车站离汉通道暂时关闭。恢复时间另行通告。

短短的文字看了3遍，心情紧张且惶惑，赶忙回房叫醒妻子告诉她这个消息，她也惊讶得一时语塞。

我们知道封闭武汉这座1000多万人口的特大城市肯定是天大的事件。1998年特大洪水时，国家宁可别处分洪也要"保卫大武汉"。身为武汉人，此时我们第一次真正感觉到事态的危急，之前总觉得几十上百个人的感染，对于1000多万人口的总量来讲似乎也不算什么，况且本地新闻说了"可防可控，不会人传人"。即便病毒发源地华南海鲜市场离我家才6公里，坐车10分钟就能到，也没有引起我们多大的重视，更别说恐慌。所以大家并没有感到异常，我们像往年一样去各个商场超市采购年货，一如既往地推着婴儿车带着孩子去中山公园玩。看到封城的消息才让我们深刻地认识到武汉乃至全国的这次新型冠状病毒暴发形势十分严峻，用专家的话说是刻不容缓，壮士断腕。

当夜未眠，一边翻看手机上各种有关疫情的新闻，一边预想了很多情况和早起要做的事，心中又十分担忧家人的健康情况，朋友圈里有段子说"全国认为得肺炎的地方是武汉，武汉认为得肺炎的地方是汉口……"网上流传的病毒危险程度图显示我们家的位置处于最危险的区域：汉口的中心。

早上6时赶忙翻身起床，把米桶冰箱橱柜都检查一遍，看看家里还缺些什么吃的用的，毕竟封城非同小可，料想短时间内不会解封，家里多存点物资更保险，把要买的东西记在手机里，戴上口罩下楼去采购。

虽然还没到交通封闭的时间，但是马路上的车辆已经明显少了很多，街上很多人在谈论封城的新闻，有的平静、有的激动。经过公交站时，看见不少戴着口罩提着行李的人朝车来的方向翘首盼望，有人紧张地打着电话。他们也都是还没回家的外地人吧，我能理解他们的心情，在外拼搏一年，谁不想回家团聚，但是武汉这么大，时间这么紧，形势又这么危急，怕是出不去了。

首先去再买一些口罩和消毒用品。药店有专门的柜台卖防控物资，N95口罩29元一个，免洗的酒精洗手凝胶46元一瓶。好几位大妈可能觉得价格贵，或者不太接受这种"新样名堂"，都是选择传统的84消毒液，戴简单的一次性口罩。短短几分钟已经有好多人来抢购，余货所剩不多，我也赶紧选了一批口罩、消毒液，又买了几袋板蓝根冲剂，总共花了200多元。

接着来到菜市场。摊位只有几家还在营业。卖菜的师傅说接到通知，春节期间市场要消毒，大年三十中午关闭，到初八才能恢复营业。我把胡萝卜、土豆、红薯、大白菜、菜薹、泥蒿这些便于存放的蔬菜每样买了好几斤，又去卖肉的摊位买了一些五花肉和肉末。价格较之前有上涨，但可以接受。

武汉历来春节头几天菜市场休息，所以市民都会在三十之前存一些菜，一来自己吃，二来招待拜年的亲友。很多人家里也会腌制一些腊鱼、腊肉和香肠，只是去年猪肉大涨价，这些"腊货"比往年少了许多。

拎着几大袋物资回到家，连同家里的各种"腊货"、挂面、水果、零食大概生活七八天不成问题，节约点维持十来天也勉强。

不一会儿酒店的电话就打来了，说接到相关部门通知，配合防控，今年春节期间不营业，十分抱歉之前定的年夜饭无法提供服务了，定金可退也可以后消费抵扣。赶忙给参加年夜饭的亲戚一一致电通知，大家都表示赞同和理解，毕竟生命健康更重要。

中午，封城后的两个多小时，窗外二环线上只有私家车在穿梭，数量比平时少了一大半，本就多云的天空愈加阴沉，到下午竟飘起雨来，冷冷凄凄。

2020年1月24日

封城过后的十几个小时，阴雨还在继续，新闻公布的感染和死亡人数越来越多，地域越来越广，各种不知真假的消息充斥着朋友圈和微信群。

只有电视里热热闹闹的节目告诉我们今天是年三十，不管怎么样年还是要过的，于是我又去采购了一些食物和水果。保洁阿姨在清洁楼道，空气里弥漫着消毒水的味道，小区的电梯口贴上了"发热市民分级分类就医流程图"，社区的公众号"微邻里"也在告知相应的应急方法，一张大而严密的防控网已经形成。

1月24日，武汉"封城"第二天，在中百超市东湖城店，生鲜蔬菜货源充足，价格平稳。（邱焰/摄）

解放大道的加油站私家车排起了长龙，每辆车最多只能加60元的油，开不了很远。新闻说过江隧道马上也要封闭，长江上的桥梁要测体温才能通过，武汉交通的局域网越来越小，亲友们都约定今年过年不拜年不走动，待在家里保平安。

外地的很多朋友都在微信上焦急地询问我武汉现在的状况，"物价是不是大涨了""吃的东西够不够"是大家最关心的问题。同时也有很多朋友发来问候，一位北京的朋友说："兄弟，我经历过非典，知道你们的日子不好过，你要好好保重。需不需要口罩，我给你寄一些来……"这些鼓励在当下是那么的温暖人心。

母亲打电话来说，93岁的外婆刚问起我们一家三口怎么还没过去，年夜饭凉了再热就不好吃了，要母亲打电话来催一下。

外婆有老年痴呆症，一时清醒一时糊涂。外公15年前去世后外婆身体也日渐衰颓，母亲就把她接来一起生活，这注定是她93年来过的最冷清的除夕。

妻子的爷爷80多岁，当了一辈子教师，爷爷最希望的就是全家人能够经常和他聚聚。但因为担心从外面带去病毒，妻子家也选择都不接触老人，毕竟现在不幸去世的感染者中老年人居多。

儿子沐沐春节正好2岁半，这是他懂事会说话以来过的第一个春节，本来计划了很多走亲访友、游园踏春的活动，现在也只能取消。

整个下午我用家里现有的材料精心烹饪了一桌年夜饭，花瓶中插上了年宵花，果盘里摆上了各色糖果和零食，沐沐很兴奋，小嘴说"糖果可以随便吃，过年真好！"不管什么时候，中国人最重要节日里的仪式感还是要有的。伴随着春节晚会的背景音，我们一家三口和和美美地享用了这不平凡春节里略显冷清的年夜饭，享受着小家的团圆。

2020年1月25日

彤云密布，风雨交加。街头巷尾悬挂的大红灯笼提醒着人们今天是新年，但马路上行人寥寥，少许几个清洁工正在清扫落叶，街上的店铺都没开门。不少店铺门口贴上了"天佑武汉""健康是福"等标语。

亲友都在微信群里发送拜年的文字和语音，大家最关心的是感染人数增加了多少，最担心的是一线医护人员是否防护安全，最期许的是家人都不要"中招"，大家反复叮嘱要戴口罩、勤洗手、少出门，转发着各类防控知识，晒着各自孩子们在小空间里玩耍的百态。

母亲打来电话询问"家里吃的够不够，不够要你爸骑电动车送过来，放在门口不进门。要照顾好宝宝。"的确，现在儿子打个喷嚏、流了鼻涕这种平时的小事，是会牵动全家神经的。小家伙太小，不愿意戴口罩，我只能选择坚决不出门，每天晚上他睡后用紫外线臭氧消毒灯给屋子消毒。

下午来到小区楼下的中百超市，门口贴着告示："公共场所，没有戴口罩一律不能进，对您负责也是对大家负责。""商务局通知，营业时间10:00-17:00，承诺商品正常供应，绝不涨价，做好门店清洁、消毒及通风工作……"看到这些放心了许多，网上流传的哄抬物价和物资紧缺的传闻看来不必担心。

2020年1月26日

从今天零点开始，三镇（武昌、汉口、汉阳）私家车未经特许禁止上路，进一步阻止人员的交叉感染。这可能是三镇第一次这么疏远。同时，湖北省各城市也开始封城。

新闻上报道全国和武汉确诊人数和死亡人数大量上升，这进一步刺激我们紧张的神经。朋友圈里都是各个医院人满为患，医疗防护用品短缺告急，医生崩溃痛哭的视频让人触目惊心。在一线当医生的同学告诉我情况很不好，缺床位、缺人手、缺防护，有同事疑似感染……情况和外面的天气一样，让人心情沉重。小道消息和官方信息同时都在刷爆我们的眼球。

同时新闻也报道了全国各地和解放军的医疗队都在赶往武汉，请市民不要恐慌。汉阳郊外火神山和雷神山两座医院也在紧张施工，将收治更多的病人。

虽然武汉的现状牵动着全国人民的心，阻隔了大家的团聚，但是坚强的武汉人什么没见过，明白任何困难都是暂时的，相信国家相信政府，这次的危机会和之前的大洪水、非典一样被战胜，太阳依旧会升起。

回头看见小沐沐站在飘窗上看着外面空寂的二环线,我问他:"想不想出去玩?"他说"想",我又问:"那能不能出去玩呢?"他说:"不能,外面有病毒。"说完拿起玩具枪对我说:"爸爸,我要打病毒,消灭它。"

夜来,持续的阴雨终于停了,窗外华灯闪烁,城市经雨水洗刷干净得发亮,空气极好。我戴上口罩到楼下扔垃圾,不由自主走到街上,走过熟悉又陌生的寻常巷陌,交通信号灯倔强地指挥着空无一车的马路,四周万家灯火依然,只是静悄悄。

1月26日,武汉"封城"后的第四天,汉街街景。往日热闹的街面变得空荡荡。(邱焰/摄)

(本篇文字选自:《新京报》,原标题《他离华南海鲜市场仅10分钟车程,一份来自疫区核心的市民观察》)

◆ 我第一次爱上这座城

(国家二级心理咨询师 蒋敏)

今天,天气晴朗,阳光明媚,这是武汉自封城以来,第二个大好的晴天。我坐在阳台打字,两个孩子在一边玩耍。窗外,我们洗的床单,随着微风轻轻飘扬。

自武汉发生疫情以来,我内心五味杂陈,从最开始的漫不经心到今天的刻骨铭心,走了好长一段路,用"长途跋涉"来形容也不过分。本文是我和我小家的一段经历,或许能代表另外一些普通武汉家庭的日常。

1月30日,武汉"封城"的第八天,阳光灿烂,洪山区东湖城小区,一位"闭关"的居民站在家里的窗边。(邱焰/摄)

封城那天:两小时的"逃离"与回归

这一天是1月23号,腊月二十九。我们家有过一次两小时的"逃离"。

21号晚上,我终于和胖子(我老公)谈妥回老家事宜,收拾好行李。胖子看着手机说形势越来越严峻了。一直以来,家里外部事件归胖子管,这次也不例外,我把何时走的决定权交给了他。他有他的犹豫。几天前,他和一个被隔离(因家属感染)的同事一起开过会,虽然这位同事被证实未感染,但他还是有些担心,在家进行自我隔离。

23号凌晨2点,封城的消息传出来。早上,我们赶紧打扫卫生。我想着:走得成,出行前打扫卫生符合我一贯的习惯;走不成,回来家还是干净的。我带着一种当逃兵的感觉做着这些准备工作,直到出发。

坐在车上,看着这座熟悉的城市,我在想:我真的要"逃离"了吗?胖子在强调:没有他的允许,不能随便开车窗。我就想:这病得有多严重?车窗都不能随便开,这座城市的空气都不能自由呼吸了?心中掠过一丝悲凉。

二七桥上车辆如常,为了平复自责,我问胖子:他们都是要出城的吗?他说那是当然。这样,我的自责似乎少了一些。然而,这种自责并没有持续多久。很快，到了出武汉的高速收费站。此处站满了警察，所有车一律调头回市区。那一刻，确实有失落，但更多的是踏实，把我从自责中解放出来。

回家后，大家各自睡了一觉。胖子开始进进出出，盘点物资，下楼去超市购物；晚上他一个人默默把我们的行李一件件拿出来各归各位。他的主战场在厨房，嘴里一直念叨今年过年太仓促了，没几个菜。可是我想，夫妻关系和睦、亲子关系融洽，天天都像在过年，不用计较有多少个菜。

一直以来，我对于人生中的种种经历始终心怀感激。封城第一天，从自责到失望到安定，我相信这会拓宽我的人生维度。

封城，赋予了生活新的意义

封城后，人们的生活由原来一个大的社会圈子直接变成了只有家庭成员存在的小圈子，很多平时不易觉察的意义重新呈现出来。

以前我总担心胖子不准时回家，现在完全不会了。他目前为止所有的出门只为两件事：购置物资、丢垃圾，且绝不在外逗留。这么想想，倒是节省了一笔电话费，少了很多对他晚回家的怨怼情绪。以前在家，要他做点事情还有点儿小忐忑，怕他累了烦了不愿意做，现在叫他做事完全心安理得。通过这次事件，我不会再给胖子扣上"永远处于马斯洛需求层次的最底层"这顶帽子。这一特殊时期，重新审视一下夫妻关系，你也许会发现多年以来不曾觉察到的亮点。

封城后，时间有了新的意义。时间一下子变得非常充裕，有许多事情可以做：追英剧美剧；读书柜里的书；温习之前的一些咨询报告……时间充足，但计划的标准不一样了：以前是准确到几点钟做什么，现在变成了：起床后的 2—3 小时是学习时间，这个时间可能是早上 10 点，也可能是下午 2 点，这是一个准确又不准确的自由时间。

封城以来，我重新规范了两个孩子的日常。大儿子每天上午不管几点起床，第一件事一定是学习；午饭后负责洗碗；抽时间和弟弟玩游戏。

我告诉孩子：其实我们不需要刻意把某一段时间看得那么特殊。我们原来做什么，现在还是可以做什么，比如学习，比如自律……就算我们身处如此境地，还远未到世界末日的那一天。认真地学习和生活，是我们每一位普通人的职责所在。

从"封城"第二天开始，我们家启动了已经停滞两年的读书会活动。几乎从来不看书的爸爸在读书会上表现最好，记笔记最认真，大儿子对于读书最有感悟，而我这个组织者表现最差。最后他们都感觉上当了：原来你是打着开读书会的名义叫我们读书！

此外，家里每个人开始运动起来。已经冬眠许久的跑步机也派上了用场，每天每人都跑上半小时。我们在家各种追赶，敌我双方不停变换，有时我们是奥特曼，有时只是一个没有名字的坏蛋，一切由弟弟说了算。

封城之后，我们比以前更讲究卫生了。每天大家都要洗手很多次。小儿子之前会有不洗脸的情况，现在是绝对不存在了。他看到我们偶尔咳嗽，就会对其他两个人讲：离 Ta 远一点，Ta 在咳嗽！你看，这个 3 岁小朋友的认知就被这场疫情更新了。

一个 3 岁小朋友的视角——紫色病

小儿子在更小的时候，把咳嗽称为紫色病。这是他自己发明的专有名称。今天为止，我们已经近 10 天没有出门，有一次他收完了玩具，问我：我们现在可以出去玩了是吗？

我：你是说出门吗？

他：嗯。

我：我们现在还不能出门。

他歪着头很认真看我：为什么？

我：因为现在很多武汉的人都生病了，我们出去会很危险，会被传染。

他：他们生的什么病？是紫色病吗？

我：嗯，是紫色病。

他：我们在家里就不会生紫色病！

我：嗯，是的，我们待在家不会生紫色病。

他：武汉的人生病了，那让医生来救我们武汉。

我：来了，来了好多好多的医生来救武汉。

这让我想起23号逃离武汉的那天，走出房门时我让他戴口罩，他死活不戴，把口罩带子都弄断了。我不知道如何说服他，只是不顾他的哭喊，一手抱着他，一手紧紧地在他脸上按着断掉的那边。我想，当时大人的慌乱已经传染给了小朋友，他才会对戴口罩如此抗拒。

就是这个3岁的小朋友，在我们武汉人打开窗户，站在阳台高呼"武汉加油"的时候，他一遍遍地挥着他的小拳头：武汉加油，武汉加油！他稚嫩的童音在黑寂的武汉冬夜下，显得如此铿锵有力，而我，只喊出了第一句"武汉加油"就泣不成声。我泪流满面地看着我年幼的孩子：儿子啊，你可知道，我们正在经历着什么！作为武汉的一分子，妈妈为你骄傲，你帮妈妈，也帮我们家，更是帮我们所有武汉人，喊出了我们心中最痛最重的心声——武汉加油！

我们会更爱这座城

封城至今，我们家的情绪保持在乐观、自如、平静这个基调上，但也始终隐藏着一些无奈和心酸，还有不能出门的压抑。

过年那天，胖子做了好几个菜，看着两个孩子吃得津津有味的样子，想想不知道还要有多久才能带他们出去玩儿，既欣慰又心酸。这天，我们比平时多吃了一顿米饭。胖子一再提醒我，不要把菜发朋友圈，菜太少了，丢人。

这个晚餐，如果正常情况下应该叫年夜饭。胖子还搞了点儿小酒，小儿子在睡觉，大儿子在看电视，就剩下我们俩喝着小酒聊着天，时光好像一下回到了没毕业刚结婚的那段时间。那时的我们经常弄几个小菜，喝点儿小酒，在那栋博士楼我们小小的家里。恍然间，十几年过去了，身边多了两个孩子。这些年，架不知道吵了多少次，婚也不知道在心里离了多少次。

对于我们的小家庭，我们都有功，也曾经都有过。但都不重要了，2020年，我们仍然紧紧依靠在一起。

"封城"后的第三天晚上，朋友圈陆续出来一个视频。一个武汉人用武汉话在阳台朝对面喊话："对面的，把窗户打开吵个架，要疯了，有没得人哦。"我边看边笑边哭，看了一次又一次，在那一瞬间，我知道，我第一次爱上武汉，这个我生活了二十多年的城市。如果你不是武汉人，如果你没被"封城"，你或许不能像我一样，如此理解那番对喊中所饱含的武汉人特有的坚强、乐观、感动和心酸。

那番对喊里，我感受到的是寂寞又不是寂寞，是心酸，是幸福，是坚强，五味杂陈。我觉得，我生活的这个城市好有爱，这个城市有希望。一位朋友所说：通过这次疫情，相信我们会更爱这座城市，不管是留在城里的还是已经在城外的，这是集体潜意识。

1月30日，武汉"封城"的第八天，阳光洒向大地。小区里戴口罩的居民从一线阳光下经过。（邱焰/摄）

（本篇文字选自：凤凰网在人间工作室，原标题《"对面的，把窗户打开吵个架"》）

3. 英雄就在城里面

加缪在《鼠疫》中写道:"这一切与英雄主义无关,而是诚挚的问题。这种理念也许会惹人发笑,但是同鼠疫做斗争,唯一的方式就是诚挚……我不知道诚挚通常指什么,但是就我的情况而言,我知道诚挚就是做好本职工作。"

这里没有超级英雄,只有挺身而出的凡人。微光也许微弱,但无数微光相聚,终能驱赶黑暗。

1月28日的武汉汉口火车站。平时周边车水马龙,现在难见车和行人。(图片来源:新京报－拍者)

九省通衢的繁华都市,如今陷入了冰火两重天的僵持:一边是救人如救火的紧急,医院排长队,医生连轴转;一边则是空旷的马路和暗下去的万家灯火。

但总有一些人,出现在空空荡荡的大街上。他们是这座城市庞大而病弱的躯体上渺小的个体,但正是因为他们的存在,才让这座骤然减速的庞大城市,能够尽量维持着运转。

◆ 不变的守护人

1月28日，蔡甸区。来自随州的包言保今年春节和妻子留守武汉，与孩子分隔两地。空荡荡的街道上，他照常执行清扫任务。（图片来源：新京报－拍者）

凌晨3:30，城市还在酣睡。熊鹏德准时钻出被窝。简单洗漱后，熊鹏德拿起清扫工具向振兴二路走去。这是他最熟悉的"地盘"，数不清每天要在这条路上走多少个来回。

4:00，天还是黑的，熊鹏德的工作开始了。"我就是一遍一遍地扫，等清扫工作结束，抬起头来，天已经亮了。"

这只是一部分。7:00，他另一份保洁工作又开始了，还是熟悉的街道，他这一干，就干到晚上6点了。"别的我不行，但我清扫、保洁绝对没问题，垃圾清的一定干净。"说起自己的本职工作，这位8年前从孝感来到武汉务工的55岁汉子，一改先前的腼腆，质朴的脸上多了一丝不容置疑的底气。

"我妻子也是一名环卫工，现在，我们最希望的就是把街道的卫生搞好，给大家带来一个好的环境。我总跟老婆说，卫生多重要啊，我们必须要顶上。不为什么，只想快点消灭疫情。"说着一口不太地道的普通话，熊鹏德的语气却很坚定。

1月31日,火神山医院建筑工地附近,警察24小时轮班,对工程车辆进行通行管理,确保道路畅通。中午,一名女辅警站在路边解决午饭。(图片来源:新京报-拍者)

1月31日,硚口区宝丰二路,原本想回老家过年的魏先生一家,最终决定留在这座奋斗了10年的城市,并且从大年初一就打开店铺售卖新鲜蔬菜,让社区多了一分平日里常常被忽略的人间烟火气。(图片来源:新京报-拍者)

2月1日,蔡甸区,19岁的张先生来自荆州,便利店夜间鲜有人光顾,但因为这是距工地最近并还开门的便利店,他并没有松懈。(图片来源:新京报-拍者)

1月25日凌晨4:47分，身处全国疫情最严重的区域，邱贝文和数以千万的武汉人一样辗转难眠。她终于做出一个艰难的决定——发出一条朋友圈，称自己经营的餐厅可以为更多的武汉医护人员提供餐食。

其实从1月23日武汉封城那天起，她已经为附近的几家医院送了好几天的饭菜。

邱贝文和她的丈夫所经营的餐厅"捌号仓库"位于武汉市黄陂区，在武汉天河机场附近。本来是以海鲜烧烤为主打的小餐厅在封城期间经营的项目变成了炒菜、盒饭。餐厅离武汉集中收治肺炎患者的几间大医院距离都不算近，即使这样，邱贝文还是决意将配送范围扩大到整个武汉市区。

"我们是要收费的，但是我们一分钱都不赚。"她说，"定价是15元，两荤一素。我们不能在这个时候赚钱，但是我一定要收费，因为我们是小本生意，只有存活下来才能帮助更多的人。"

邱贝文压力也很大——她今年28岁，是一个孩子的妈妈，家里也有老人要照顾，动员全家的力量去做这样一件事需要比她这个年龄段的单身年轻人承担更多的责任。

"也正是我有孩子，所以我才想做这些事情。因为如果连到我们武汉来支援的一线医务人员的餐食都不能保障，这个疫情会越来越严重。"她说。

邱贝文和她的丈夫经营餐饮行业已经有些年头，家里有送餐的面包车，之前也提供过配送服务。在1月26日武汉实行私家车管制之前，邱贝文和弟弟妹妹们自己开车为医务工作者送餐。也正是这段时间，她更直观地感受到了生命的分量。

她说，大部分医务工作者都会让她把餐食放在医院大门口，他们自己来取，就是为了减少和她的接触。令她印象最深的是一个23岁的护士妹妹，她看到邱贝文之后远远地和她打招呼，大声叫着"姐姐，姐姐！"前一秒钟还是惶恐的邱贝文就在那一刻收获了一份勇气。

（本篇文字编选自：《光明日报》，原标题《他们的笃定让生活温暖》；凤凰网在人间工作室，原标题《武汉：一条与肺炎赛跑的餐饮供应链》陈不谙/文）

◆ 送给妈妈的玫瑰花

我在武汉送外卖。春节前不久,我就回过一次老家,之后再回来继续加班。23号这天早晨刚起床,就看到新闻说武汉要封城,想着家里老人多,干脆就留下来,不把危险带回去。

没能回家过年,父母兄弟姐妹都给我打电话,连很久没见的远房亲戚都打来问候,女儿则是早晚一个电话"监督"我。

其实最开始也怕,下班回来躺在床上,总是要失眠,到凌晨五六点才睡得着。后来我就想,医生是一线,咱们送外卖的也算二线了,我要不出来,有人真没办法。

武汉的街头空荡荡,有时一个人骑车走在路上,想起这些天遇到的那些人和事儿,也不算太糟。

那天接了个盒马的单子,给一对老年人送水果蔬菜。盒马的店员告诉我,这是客服特殊处理的,下单的人是位四十多岁的女士,人在上海回不来,武汉家里只有两个老人相依生活。

因为不方便出门买东西,两个老人已经吃了好几天剩菜,店员告诉我说,那个女士在电话里直接哭了,事情紧急,让我抓紧。

上了楼,开门的果然是个老人,头发花白,身体有些佝偻,隔着口罩连忙道谢,还硬要塞给我两个口罩。后来听说,那位女士还专门打电话感谢客服,都是为人儿女,她的心情我懂。

我做的这个工作,一直都很平淡琐碎,但这种特殊时期,突然又有一些挺有意义的事,竟然都落在我身上。很多订单上都会有一些特别的备注。例如:"麻烦告知我爸妈,让他们务必务必出门佩戴口罩,回家就洗手换衣服,谢谢"……

像叮嘱戴口罩这种备注,还有些明确的目的,可以看出背后儿女们的着急,我可以转告老人。有的备注,没有什么直接目的,比如说"送给爸妈的!麻烦了。""辛苦了,爸妈独自在家,我们在外回不来。""辛苦了,武汉封城,无法回来看望爸妈。"

一开始我想，他们写这些有什么实际意义，我又能做什么呢？

后来我想明白了，他们这是无奈啊，想爸妈了，又不知道哪里去说，只好写给我这个会见到他们爸妈的人看，给自己一点安慰。所以后来每次载着这些东西出去送，总会觉得沉甸甸的，觉得意义不同，它们不只是物体，更是感情。

有个身处山东的小伙子，给武汉家里送的东西是84消毒液；有个北京的小姑娘会特意打电话跟我说，过去时一定要多找找路，因为小区不好走，一定要等到东西送达她才挂电话；还有个远在安徽合肥的女儿，给她妈妈买的东西，是一束鲜红的玫瑰花。

（本篇文字选自：《人物》杂志微信公众号　丁畏/文）

◆ 社区里的网格员

1月31日，硚口区，宝丰街道宝地社区协管员张静正在为社区居民测量体温，此外，他们还要为公共区域消毒。（图片来源：新京报－拍者）

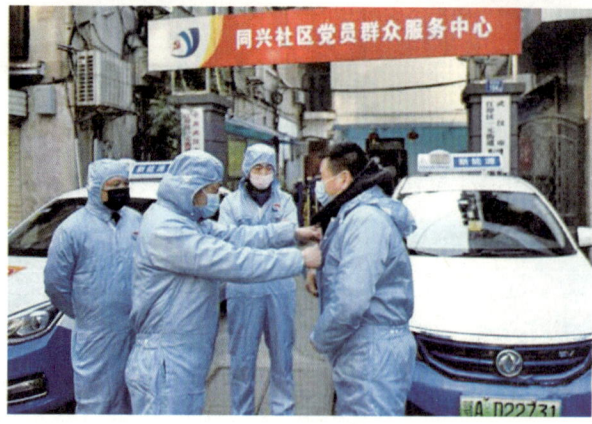

1月31日，江岸区同兴社区，为社区老人和非发热病人提供服务的出租车司机互相帮助穿上防护服。（图片来源：新京报－拍者）

一张简单的办公桌，一张简陋的床，武汉江汉区民意街多闻社区党总支书记田霖正在24小时值班室里填写居民登记册。前一天晚上，一位持续发热的居民感到呼吸急促，被紧急送医，他正在更新信息。

多闻社区是一个以老旧小区为主的社区，户籍人口4007人，常住人口约5000人，流动人口多。然而，整个社区只有8名网格员，人手严重不足，怎么排查？

1月28日起，社区干部就根据社区名册挨家挨户打电话，同时通过微信群、"微邻里"平台等方式进行线上排查。电话打完，还要入户排查。网格员要搜集居民发热后是否就诊、在哪就诊以及医院检测报告等信息，并按时上报。"登记册也会定时更新，不断完善和精确信息数据，更好掌握社区动态。"田霖说。

田霖翻开登记册，每一个登记在册的居民都按照发热的程度，标上了红、黄、蓝、白四种颜色，一目了然。红色代表最严重，白色代表已经没有发热症状。根据居民的不同身体状况，社区会采取不同的应对措施，"比如家庭周边的隔离范围、楼道里的消毒频率、跟踪关注身体状况的密切程度等。"

社区老年人多，防范意识较弱。为加强宣传，田霖带着网格员，走街串巷小喇叭、社区广播大喇叭、社区消防车改造的流动喇叭一起上。为应对突发情况，田霖带着社区干部24小时轮班值守，随时接听电话，应对突发情况。

田霖一天要接上百通居民打来的求助电话。有的需要代买口罩，有的着急打听疫情，还有一些因为焦虑恐慌打来的。

社区里有一位60多岁的婆婆，与儿子相依为命，儿子确诊患上新型冠状肺炎，田霖成了老婆婆的倾诉对象，常常电话一打就是半个多小时。"不管群众提什么要求，只要我们能做的，就尽力去做，让社区居民感到安心，让患者和家属感到温暖。"

他们是这个城市默默的守护者。像他们一样的平凡市民还有很多。

从1月26日武汉实行交通管制那天起，这家名叫Wakanda的咖啡店每天都为湖北省中医院光谷院区和花园山院区免费供应500杯咖啡。店里有7名员工，他们之中有武汉本地人，也有外地人，还有一名来自伊朗的咖啡师西纳。（图片来源："中国之声"微博）

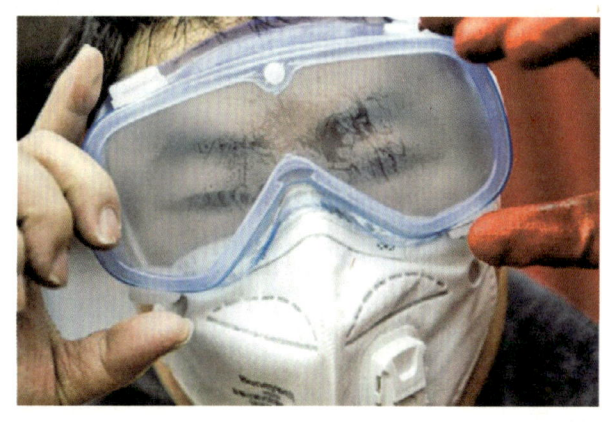

1月31日，京东物流宝丰配送站，42岁的尚黎明在管理站点的同时，兼顾搬运和运送医疗物资到医院的任务，每天工作超12小时。（图片来源：新京报－拍者）

1月31日，江岸区，40岁的货车司机肖昌文大年三十也没休息，他接到征求志愿者的通知后，就在群内组织货车司机们，自发地将物流点的物资送往各个医院。（图片来源：新京报－拍者）

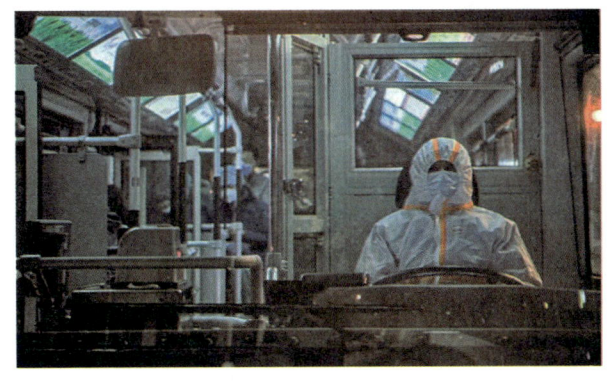

2月1日凌晨,公交车驾驶员袁建河在线路停运之后,为北京医疗队员提供摆渡车服务,往返驻地和武汉协和医院西院病区,从白天一直摆渡到深夜。(图片来源:新京报-拍者)

这座城市和她的人民在静默中等待疫情拐点的来临,在此之前,等待将是漫长的、惶恐的,但微小的守护汇聚在一起,就成了点燃希望的烛火,维护着这座江城的活力,等待着江河血脉重新沸腾的那一天。

(本篇文字编选自:《人民日报》,原标题《第一道防线,守住!》;《新京报》,原标题《疫情之下,守护武汉的面孔》等相关媒体文章)

4．治愈者说

在这场与病魔对抗的斗争中,科学的治疗、病人的意志、家人的关怀都是至关重要的武器。而这些治愈者的故事,分享的是经验,传递的是乐观,于你我,于每一位人而言都是一种"心理输氧"。

◆ 我在隔离病房的14天

(口述者:朱红,撰文:晓光)

我们一家人,在过去的一个月里经历了生离死别。

1月初,身体一向很好的公公,从高烧到意外离世,只有7天。葬礼结束的当天下午,我、婆婆、小姑子马上到医院做了检查。几天前我们就开始咳嗽，随着新型冠状病毒肺炎疫情的不断加重，我们心底的怀疑、不安也日渐加重。到了医院，CT、查血，一切结果都显示，我们三人极有可能都受到了感染。刚刚失去了亲人，我们不得不又开始了新的"战斗"。

1月19号，我们被协和医院收治。22号，做了核酸检测。我的结果一出来，当时就确诊是被感染了，但是CT的结果比上一次略有好转。医生说，这就证明治疗用药都是有效的。我婆婆却没有检测出来，但她的病情比我更严重，拍的片子也比之前还要严重。

23号，协和通知我们要转院，说我要转去金银潭，可把我吓坏了。从我开始知道这个病，就觉得到金银潭收治的都是最重的，都是其他医院治不了的。当时我很害怕，情绪也受了很大的影响。婆婆因为还没有被确诊，被转到了红十字会医院。

在金银潭我们是四个人一个病房，医生要求口罩24小时戴着，无论如何不能出病房的门。房间里24小时通风换气。大概22号的时候，政府宣布承担病人所有的费用。我们在金银潭医院的一日三餐就都由政府负责。每餐有汤，有三四个菜，荤素搭配的，还会有牛奶。就不用亲属再分心照顾我们吃饭的问题了。

病了这些天，我也在不断总结经验，以便更好地照顾自己。每次发烧后，会出特别多的汗。衣服湿了我马上就换干的衣服，湿哒哒的衣服贴在身上，会加重病情。我还按医生的嘱咐，有意识地喝特别多的水，让自己多排汗多排尿。但水一定要喝温水，不能喝凉水。得这个病，还会口干口苦、恶心、呕吐，人会非常没有胃口，一点东西都不想吃。但是再难受，我都会强迫自己吃很大一碗饭。我知道病毒在侵蚀我的肌体，如果身体不具备与病毒搏斗的能力，如果我自己没有足够的意志力，用再好的药都没有用。自己垮了，神仙也救不了你！

25号，大年初一，老公特意跑来给我送鸡汤。他在视频里跟我讲：老婆，等我，我给你送鸡汤来了！这个病没有特效药，自己的抵抗力是最关键的。你要加油！加油！那罐鸡汤，我是用勺子一点一点喝完的，每一滴都是家人带给我的温暖。

人在医院里面,我最担心的还是家人。老人、孩子,他们才是易感人群。很担心他们再出事情。幸运的是,除了婆婆、小姑子和我,家里的其他亲友后来都确认没有被感染。这是让我最欣慰的了。

在医院里,每天看到最多的,就是一线的医护人员,他们太辛苦了,完全超负荷地工作。他们说是4个小时一个班,但如果后面的人没有防护服,或者临时有人员调整,没有人过来接班,那前一个就不能下班。病人要打针换药,有不舒服的,有这样那样的需求,医护人员就一刻不能停地忙来忙去。这个不像平时普通住院,还有一两个陪护的家属,缓解医护人员的工作量。现在包括送饭、清理垃圾、打扫卫生、照顾病人起居,完全都是医护人员在做,无形中大大增加了他们的工作量和风险。没有亲身经历,真的体会不到他们的难处。在危难关头,他们每一个人都是战士!

护士们都很年轻,很多都是90后、95后,她们难道不怕吗?有的进来给我们扎针的时候,手都在抖,但她们还是在做。有一位护士,个子矮矮的,她每次进来,一边踮着脚去够很高的点滴杆,一边还会跟我们说,等一下啊,我马上就好了。很照顾我们的情绪。给我们打热水的时候,她会很细心地给每个人的水瓶编号,保证我们不交叉使用。还会把瓶里凉了的水倒掉,全部换上热水,免得我们喝了受凉。她拿回来的水瓶,每次瓶口都是冲洗干净的。这些细节我看在眼里,心里特别地感动。可她穿着隔离服,我到现在都不知道她长什么样子。

29号这天,金银潭医院一位80多岁的老奶奶出院了,这个消

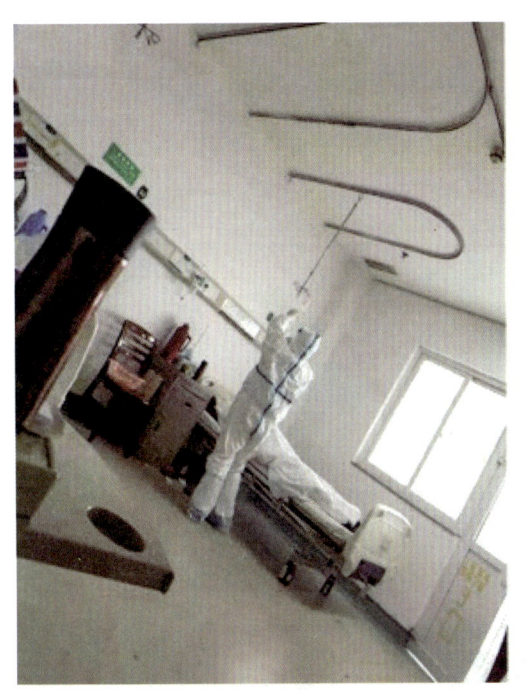

病房护士正在仔细地检查吊瓶的滴速

息真的很振奋人心！大家都很受鼓舞，我的心情也轻松了很多。我开始有针对性地拍一些视频，把每顿吃的饭、每天吃的药，都拍下来给大家看，把需要注意的地方都讲给大家听，希望能给大家一些帮助。

2月1号，医生通知我，我的两次核酸检验呈阴性，连续三天不发烧，可以出院了！医生给我开了止咳的药，嘱咐我回去跟社区联系，如果病情有反复，社区会安排后续的治疗。

随着感染的人数不断增多，医院床位不够的问题非常突出。我想，我也要尽快出院，把床位让给更需要的人。

我现在回想，这个病如果从开始就注意了，应该是可以防护的。我因为之前有感冒发烧，所以到医院给公公送饭时，一直戴着口罩。后来我女儿、父母，都跟我有过接触，但他们都没有被传染。我想这就说明这是可以防护的。

另外，前期的恐慌阻碍了医疗资源的合理分配，导致很多需要救治的人得不到及时有效的治疗。人们在对病毒认识不清的时候，就会恐慌，而恐慌，会让我们犯更大的错。我真的希望大家不要那么恐慌，要相信自己！因为面对人间疾苦，我们只能向前冲！

（本篇图文选自：凤凰网在人间工作室）

◆ 一位新冠肺炎"自愈"护士的独白

"我确诊那天是除夕,拿到转阴结果的这天刚好是立春。我相信,冬天一定会过去,春天也一定会到来。"贾娜带着厚厚的口罩,阳光洒在她的脸上。

2月4日晚,24岁的武汉大学人民医院急诊科护士贾娜在微博上发表长文,回顾自己11天内从发现感染,到居家隔离,最后依靠药物和自身免疫力成功痊愈的全过程。一夜间,她的这篇"自愈"日记引来了179万的粉丝,得到了超过25万的点赞。

贾娜的成功"自愈",仿佛给压抑已久的网友带来了一丝微光,她的评论区沸腾了。"我把你的微博截图给患病的同事和朋友了,一下子又充满了希望。"一位网友说。

一次猝不及防的感染

1月23日,由于同事被查出感染了新型冠状病毒肺炎,为了科室的安全,贾娜决定去拍个CT。当时的她,除了喉咙有隐约疼痛,身体并无其他不适。

"我当时去拍CT就是为了排除一下新冠肺炎,让自己和科室放心,继续回来工作。"而让她没想到的是,CT结果显示,她"肺部呈磨毛玻璃样,病毒性肺炎待排"。24日除夕凌晨,病毒的核酸检测结果出来,报告单上,新冠病毒两个加号。

防不胜防,她也"中枪"了。

"那天我彻夜未眠,一直在想我什么时候被感染的,是不是哪里防护不到位。我怕自己会死,怕极了。"

贾娜在急诊室的工作,是护理观察室里的患者。她回忆说,在留观输液的发热病人中,有不少是新冠肺炎的疑似病例,她也许是在给病人扎针的时候,接触传染了。

"我始终戴着口罩,穿着防护服,应该说这样被传染的概率微乎其微。但是这样的低概率被我碰上了,只能勇敢面对现实。"

除夕一早,贾娜拿着检查单去咨询医生,得到的结论是,病灶比较小,临床症状不明显,应该是轻症患者。鉴于目前医院的情况,医生建议她回家隔离吃药，避免交叉感染。临走前，医生特意嘱咐："回家做'三好学生'啊，吃好、睡好、心态好！"

傍晚，贾娜勉强打开手机，找到之前在外面玩得兴起时的视频，发布在了朋友圈。配文中，她写到，今天就是大年三十了，提前祝大家新年快乐。身边一直是关于这次病毒肺炎的消息，给你们发个视频调剂一下。加油吧，战士们。

这个很久之前拍摄的视频中，她冲着镜头微笑、做鬼脸，像每一个95后的年轻人一样青春洋溢。"这其实是我精心策划的，这样我父母就不会怀疑我也病倒了。"痊愈之后，贾娜道出了实情。

一场独自上场的战役

贾娜毕业于郑州大学护理学专业，2019年刚刚入职武汉大学人民医院。她在院外与他人合租了一套房子，春节前室友离汉，家里只剩下贾娜一人。

"我一个人在家不出门，不会传给别人，切断了传播途径。接下来，就是我和病毒的抗争了。"贾娜在微博中写到。

免疫系统正在和病毒打仗，没吃饱饭怎么行。在家隔离的日子，贾娜按时吃饭、规律作息、熬过鸡汤、鱼汤、排骨汤、小米粥、八宝粥……早上醒来喝热牛奶、吃鸡蛋，增强体内营养。她明白，这一仗的最大武器就是"自身的抵抗力"。

每天，同事们主动买来肉和菜放在贾娜家的门口。她的餐桌上，蛋白质和新鲜蔬菜从来没缺席过。

她也开始对家里进行全面的清洁和消毒。在微博上，她分享说，"我会用稀释的84拖地擦桌子，75%的酒精喷被子和衣服。每天都要做。每天开窗通风至少两次，每次半小时，注意保暖别受凉。天气好的话晒晒太阳。晚上洗热水澡，杀死身上携带的病毒。勤洗手，要用洗手液洗，你会七步洗手法吗？"

遵照医嘱，她开始服用医生开的口服药。有些药物会产生不舒服的反应，她就喝水，然后静心休息，大部分反应在一个小时后慢慢缓解。

与每位新冠病毒感染者一样，面对未知的结果，贾娜也经历了恐惧、难过、无助。除夕之夜，父亲给她发来一段抖音小视频，里面喊着"武汉加油"，告诉她说要注意防护。那时候，她的父母对她感染的事毫不知情。

为了不露馅，春节第一天，她依旧挨个给每个长辈打电话问候新年。她的症状也逐渐出现：身体酸痛无力、呕吐感强烈、口干舌燥。只要开一点窗，她就开始猛烈咳嗽。万幸的是，她始终没有发烧。

"在家人面前，都是强装的镇定罢了。"

一次忐忑不安的等待

也许是从小乐观的性格使然，贾娜开始逐渐调整自己的心态。在"三好学生"的要求中，心态好无疑是最难的选项。

几天后，她开始给自己加油鼓劲。"恐惧只能让我更加焦虑，难过也无济于事。已经发生的事，只有弥补它。虽然面临很多未知，但也许结果没有那么差。理性对待比干着急要重要的多。"

28日一早，贾娜把自己裹得严严实实，步行去医院复查CT和核酸检测。那天的人很多，她足足排了好几个小时。

"或许在很多人眼里，医护人员在被感染时一定会获得治疗上的方便，但事实并非如此。目前武汉只有医院发热门诊才有权限开出对症的药，员工就医窗口和急诊对新冠肺炎药物的处方权都停止了。所以我也和普通门诊病人一样排队，没有人知道我是谁。"

在排队做检查的队伍中，有些人从凌晨3点就来了，有些人病情很严重，还有些人情绪急躁地在争吵。贾娜站在队伍里，心里一阵阵难受。

"我也病了，我现在也没有能力去为病人减轻痛苦，太无奈了。后来，我一个人坐在医院的椅子上哭了很久。"

CT检查的结果让人很振奋，贾娜肺部的炎症消失了。尽管核酸检测还依旧是阳性，但她已经有足够的信心安慰自己：器官病变控制住了，其他的就慢慢来。就算是感冒还要7天的恢复期呢，更何况是一场肺炎。

她继续坚持早睡，补充营养，然后尝试看书、复习备考。她也在微博上关注一些病人的求助信息，力所能及地回答一些病友的提问。

2月4日，她再次去医院复查核酸，转阴了！

"等待结果的那种感觉，就像是看高考成绩时的心情，有些不敢面对。这就意味着我真的自愈了。"

这场看不到硝烟的战斗中，贾娜距离胜利越来越近。当晚，她在微博上把自己的经验总结如下：

"在怀疑自己是病毒携带者又不能确诊时，要注意隔离，保护别人也保护自己。要感知自己的身体变化，想想原因采取措施：胃不舒服是不是受凉了，喝点热水试试；头疼乏力是不是手机玩久了躺久了，不要疑病。新冠病毒对大多数平时体健无基础病的人来说没那么可怕。就算不幸染上，依靠自己强大的免疫力说不定没过几天就好了。但是我们不能传给别人，一定要做好隔离。"

一次守望相助的经历

这两天，贾娜觉得自己没有那么怕冷了，偶尔会在窗边望一望风景。她所居住的地方，是武汉很美的一个角落。冬天的武汉，天空湛蓝如洗，树木依然苍翠。她窗口下的道路笔直通向长江大桥，远远望去就是黄鹤楼。

在她的微博评论区，关心的网友越来越多，写满了祝福的留言。贾娜有空的时候会一一回复，解答网友的疑问，用自己的经验减轻他们的焦虑。对其中一些病人，她及时建议他们就医，不要耽误。但同时，质疑的声音也开始出现。

"每个人的体质都有自身的特殊性，我的经历只能给大家作参考和借鉴，复制是绝对不行的。我发的微博，并不是让大家去模仿，而是鼓励大家要有信心。大家都会好起来的，只是我比他们先痊愈。我先好起来，再帮大家好起来。"

在采访中，贾娜始终强调，科学的防治和治疗是应对新冠肺炎的最重要手段。而积极的、理智的心态，也同样关键。

国家卫健委专家组成员、东南大学附属中大医院副院长、著名重症医学专家邱海波 2 月 3 日在湖北省人民政府召开新闻发布会上解释，目前接触到病毒的人，可能会有几种不同的反应。第一种，自身有足够的抵抗能力，自身把病毒清掉了；第二种，病毒在上呼吸道能够繁殖，但是没有症状。轻症病人，表现出乏力、发热、干咳的症状。少数病人才会发展成重症或者危重症。

2 月 7 日，91 岁高龄的新冠肺炎患者王某光从湖北省宜昌市第三人民医院出院。截至 2 月 7 日晚 10 时，全国已累计治愈新型冠状病毒感染的肺炎 1753 例。

贾娜说，很幸运，自己是目前的 1/1753。

"打赢这场战役，每个人都在做着自己的努力，对于我们，就是不传谣不信谣，保护好自己。"她在微博中写到。不是因为有希望所以坚持下去，而是因为坚持下去看见了希望。

贾娜说，在她隔离的 11 天中，每天都会收到领导和同事的各种问候，让她深深感到，不是一个人在战斗，而是有很多爱在包围着。

而武汉，也不是一个城在战斗。

同舟共济、涓滴汇海的中国力量正在荆楚大地筑起同心战"疫"的强大后盾。

贾娜最近几天还会再次检测核酸，若还是阴性，她将尽快回到自己的工作岗位，重新投入战役中去。

没有一个冬天不能逾越，没有一个春天不会到来。"那时候，武汉还是那个武汉，但中国人却连的更紧密了。"贾娜在微博的结尾写道。

（本篇图文选自：人民网社会频道）

◆ 挡不住的热爱与希望

方舱医院收治的是新冠肺炎的轻症患者，在这里，患者之间彼此以"舱友"相称。呼吸与危重症医学专家王辰院士说，方舱是一艘诺亚方舟，来这的都是避难的。"舱友"们患难与共。"虽然我们都是病毒的受害者，但大家依然充满着对生活的热爱与希望。"

患病之际，人们常常被一些寻常的事物所打动。"舱友"张女士记得，湖北省妇幼医院的一位姓王的主任,每次探视,都会想办法将每个病人逗得哈哈大笑。来自山东齐鲁医院的医护人员专门编写了武汉方言手册,减少因语言带来的交流障碍。

疫情扩散以来,迅捷的信息传播手段在让人们了解新冠肺炎疫情实时动态的同时,也带来了焦虑和恐慌。因此在方舱医院内,心理治疗和关怀也很必要。比如,方舱医院引入了专业心理疏导机制、心理咨询队伍,成立了患者党支部,号召患者开展自助性社会服务,建立"读书角"平复病人身心,提供手册进行医学科普。

护士领舞,带领患者做一些轻微活动,借此帮助大家放松心情。(熊琦/摄)

方舱医院的一些患者,在医护人员的带领下已经开始跳起了广场舞。他们说,"坚持下去,才有希望。我一定要好好配合,放松心态、合理锻炼,才有更好的治疗效果。"

"我现在每天会读书,录一些小视频发在网上,定时打卡一日三餐,向大家展示最真实的'方舱生活'。虽然食物不够丰盛,条件比较艰苦,但多一份理解,就多一份感恩。"一位方舱病友说道。

方舱医院里专心致志摆弄魔方的女孩儿 （熊琦／摄）

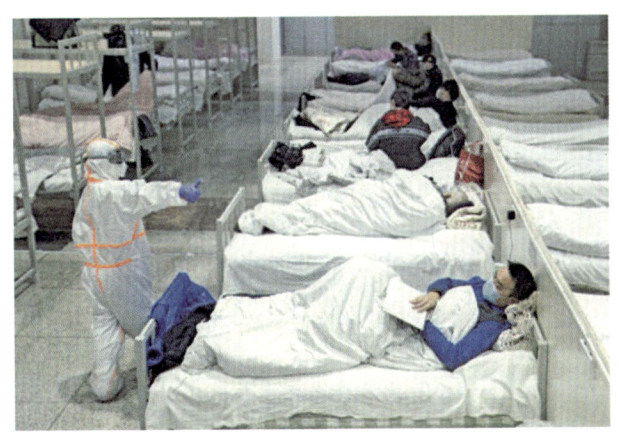

（柯皓／摄）

乐观，正成为方舱对战病毒的"新配方"。

2月5日晚，在刚刚启用的武汉国际会展中心方舱医院，众声嘈杂中，一位患者躺在病床上安静地看书，一旁经过的协和医院护士向他竖起大拇指。他正在读的是《政治秩序的起源：从前人类时代到法国大革命》。随着这张照片由国内社交网络传到国外，这本书的作者弗朗西斯·福山也在推特上转发了这条新闻。

阅读也好，跳广场舞、练太极也罢，只要坚定如常，信心不灭，就没有病毒不可战胜，没有困难无法逾越。

今天的武汉人、湖北人乃至全中国人，就在这样的艰难岁月里坚定地等待着：

"等地铁里的人多到挤不上这一班/等大排档里吵到必须扯着嗓子说话/等去武大看樱花的人比花还多/等过早抢不到最爱的那碗热干面/等汽车把二桥堵得望不到头……"

（本篇文字编选自：侠客岛、《中国新闻周刊》等相关媒体报道）

第二章

"逆行者":向死而生

1. 没有硝烟的战场
2. 面对病毒,我必须跑得更快
3. 从死神手里抢病人
4. 向死而生
5. 护目镜下的视界
6. 若有战,召必至,战必胜!
7. 战"疫"进行时

突如其来的新冠肺炎疫情，让无数人猝不及防。疫情刚暴发，武汉的两家传染病医院金银潭医院和武汉市肺科医院的病房就已爆满。

武汉是疫情防控的主战场。熟悉的生活被打乱了，与生命有关的一切，却在全力加速。同时间赛跑，与病魔较量。

2020年1月22日，湖北省政府启动了突发公共卫生事件Ⅱ级应急响应。武汉的一些医护人员立即组织了党员突击队，30余名医护人员于当日就奔赴新战场。

86岁高龄的董宗祈教授，是"中国儿科医师终身成就奖"的获得者。1月23日，武汉封城第一天，他依旧全副武装，开着电动轮椅，来到门诊部坐诊。很多人为老教授身体担心，他却说："我这一辈子为了什么，不就为了救人吗？自己身体和精神状态都可以，吃得消，没问题。"

解放军派出的3支援鄂医疗队共450人，于1月24日除夕夜，分别从重庆、上海、西安三地乘坐军机出发，他们以"医者仁心，向死而生"的信念挺身而出，全部于当晚抵达武汉机场。他们有的甚至都没有时间和亲人告别，就匆忙奔向这个没有硝烟的战场，许多人在这里度过了一生中最难忘的除夕之夜。

全国各地对湖北的驰援力度不断增加，仅2月9日就有41架飞机运送全国10余个省份近6000人组成的医疗队前来增援。当他们与同事、家人告别，在依依不舍的拥抱与泪水中，人们知道，这群义无反顾出发的逆行者，是勇赴一线的白衣战士，也是普通家庭里的妻子、丈夫、父母、子女。

一批顶尖的医护人员如钟南山院士团队、李兰娟院士团队、王辰院士团队等先后来到一线，重点加强重症、危重症和疑难病人的会诊、诊治和指导。

截至2月11日，全国各地的178支医疗驰援队、总计2万多人驰援湖北。国家卫生健康委在原有外省医疗队支援的基础上，又统筹安排19个省份对口支援湖北省除武汉市外的16个市州及县级市。

此时此刻，战斗在一线的医护工作者就是最美的"逆行者"，他们以无私、坚韧和奉献与病毒和死神直面。在与病魔的反复较量中，他们用"国有战，召必至，战必胜"的气概书写着江城荡气回肠的篇章。

浩渺长江、悠悠黄鹤楼，见证着这座城市的保卫战。

1. 没有硝烟的战场

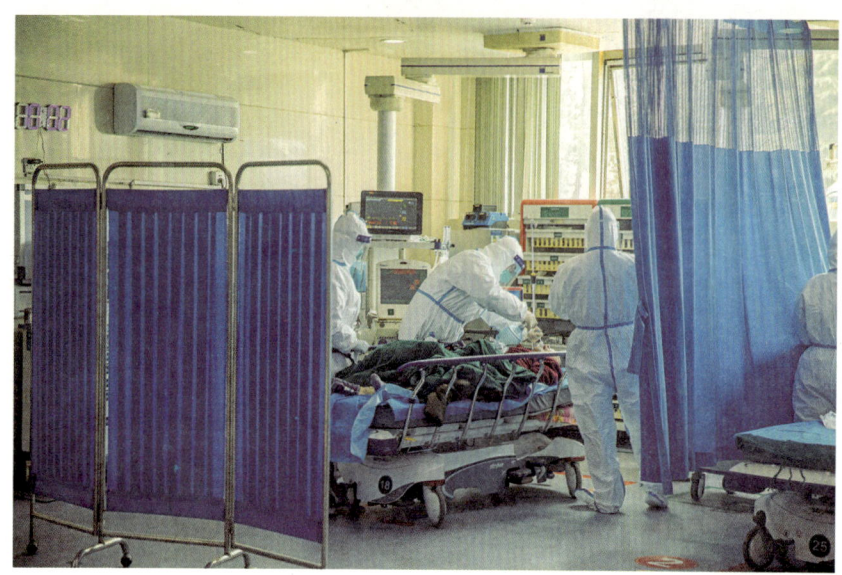

没有硝烟的战场 （蔡小川／摄）

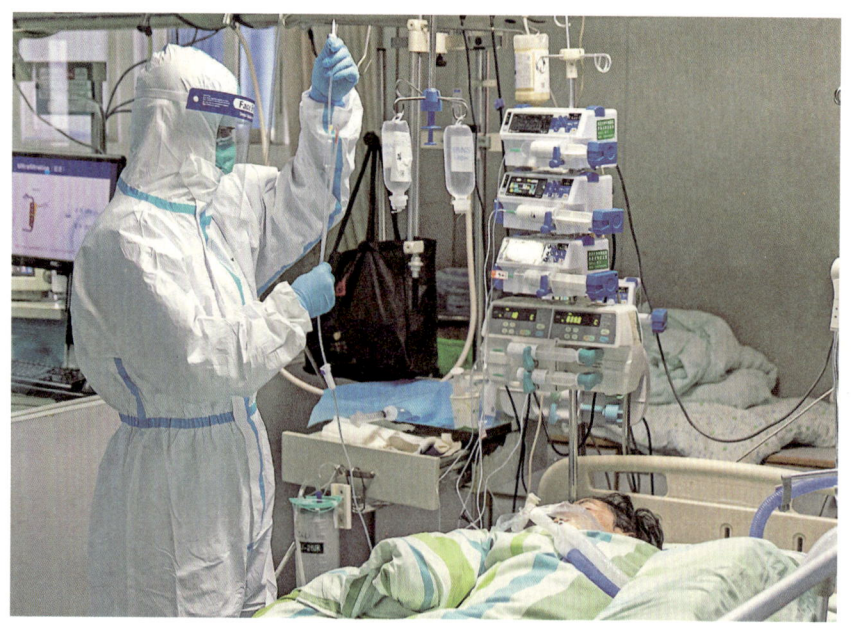

重症隔离病房内声音很少，监护仪的滴答声中穿插着医护人员简短的交流。（熊琦／摄）

武汉市急救中心 120 医生王科和他的同事踏着夜色出发在接诊的路上 （金振强/摄）

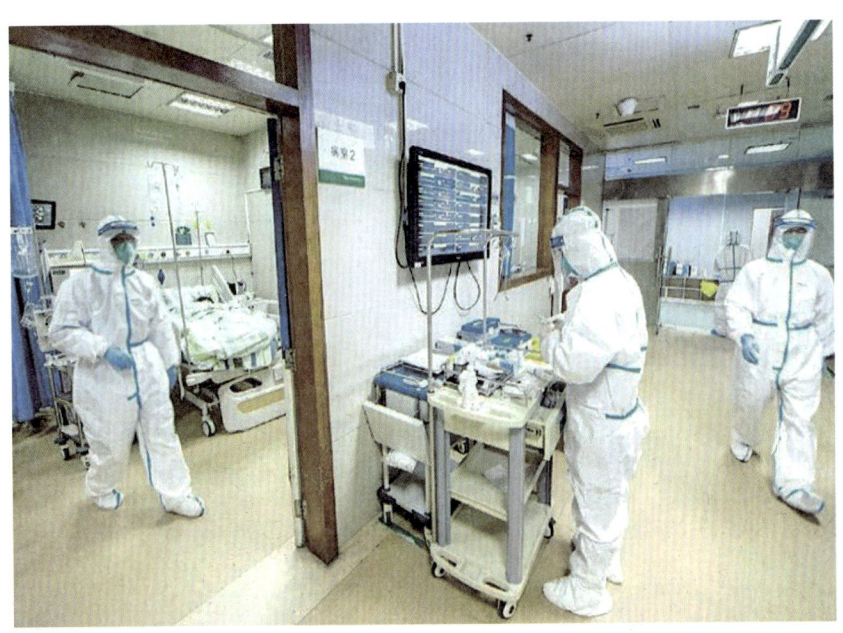

1月23日，正在急救中心隔离病房忙碌的医务人员。（魏铼、高翔/摄）

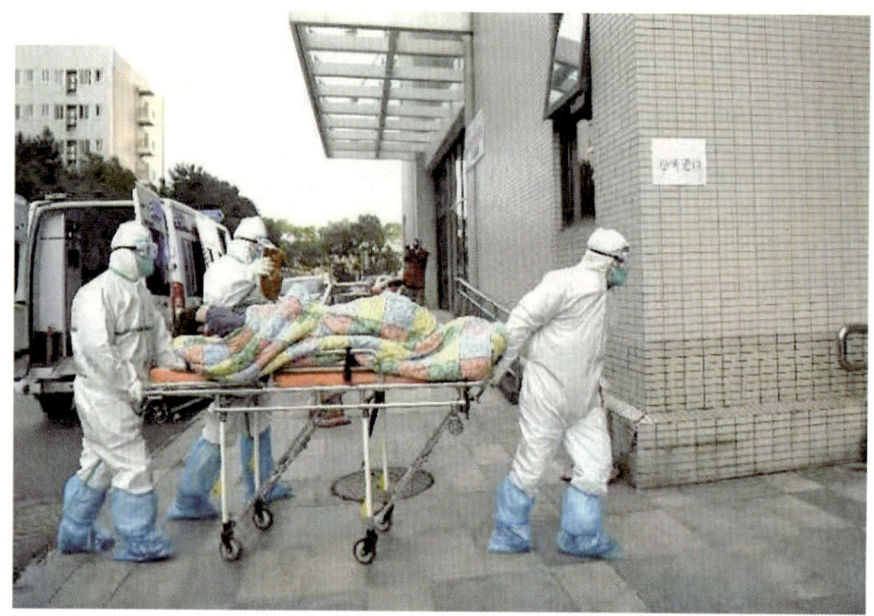

1月29日,武汉协和医院西院,几名医护人员转移重症病人。(和冠欣/摄)

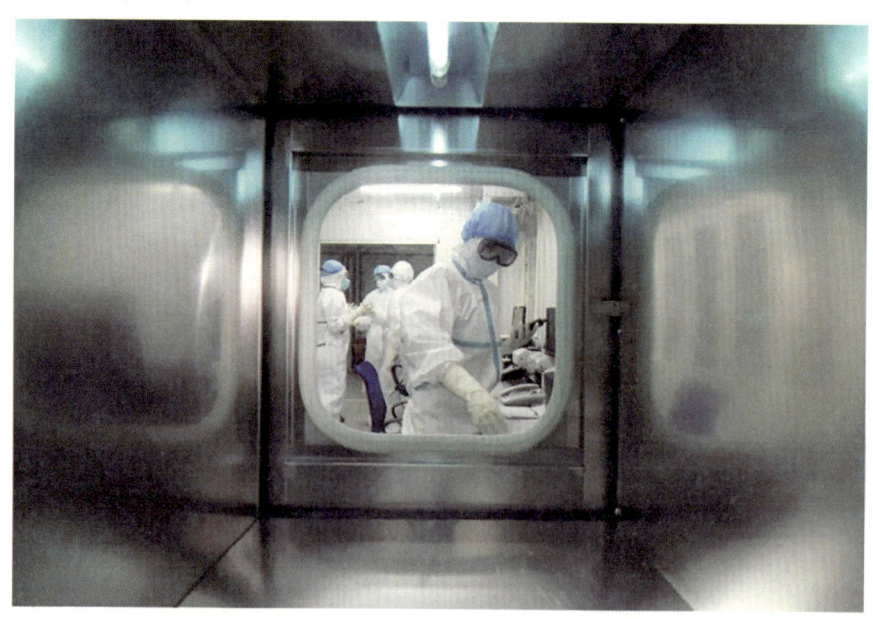

1月30日凌晨2点,医疗队队员分析危重患者病情。(范显海/摄)

2月1日下午,军队支援湖北医疗队队员乘坐高铁抵达武汉。(范显海/摄)

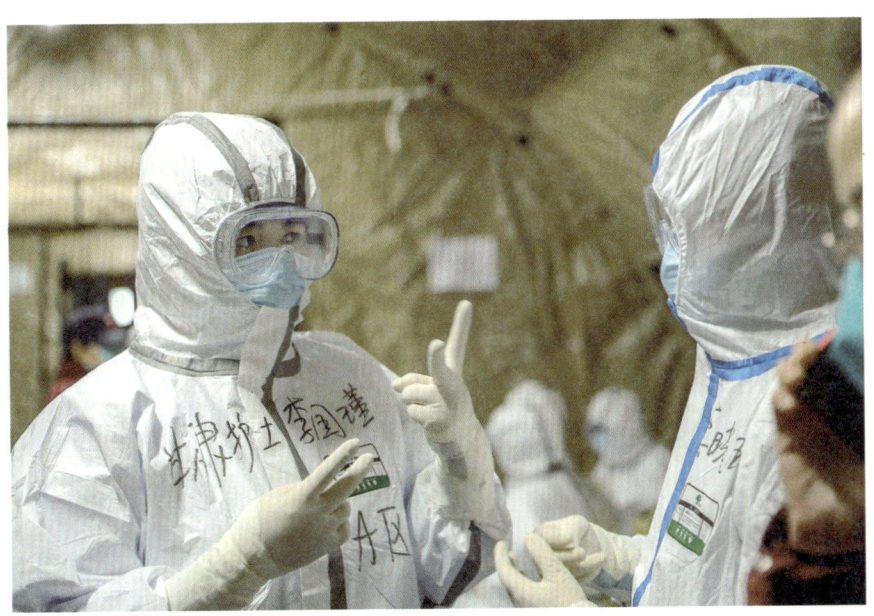

2月7日晚,即将进入武汉客厅方舱医院的两名工作人员正在进行手势交流。(孙中钦/摄)

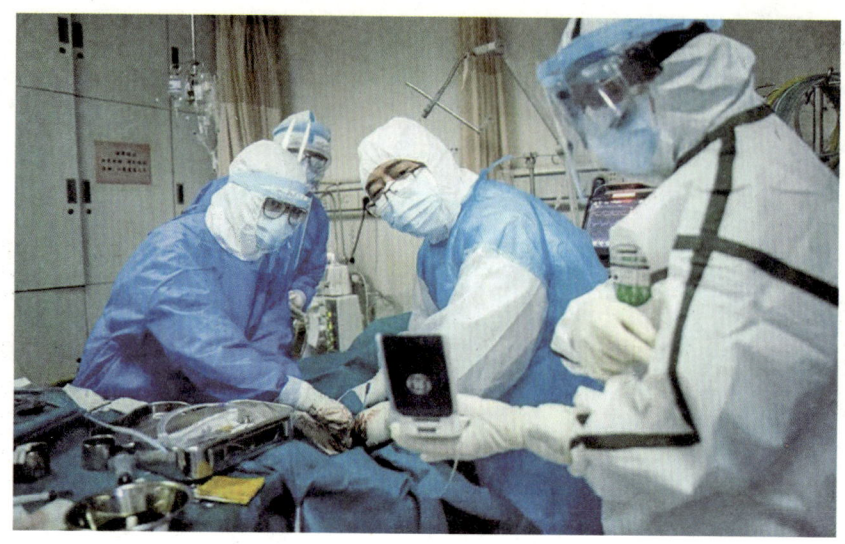

2月9日，武汉市红十字会医院ICU病房，重症监护室主任彭勇（右一）手持掌上超声仪协助四川省人民医院重症医学中心主任黄晓波（中）运用ECMO技术共同抢救重症患者。（柯皓/摄）

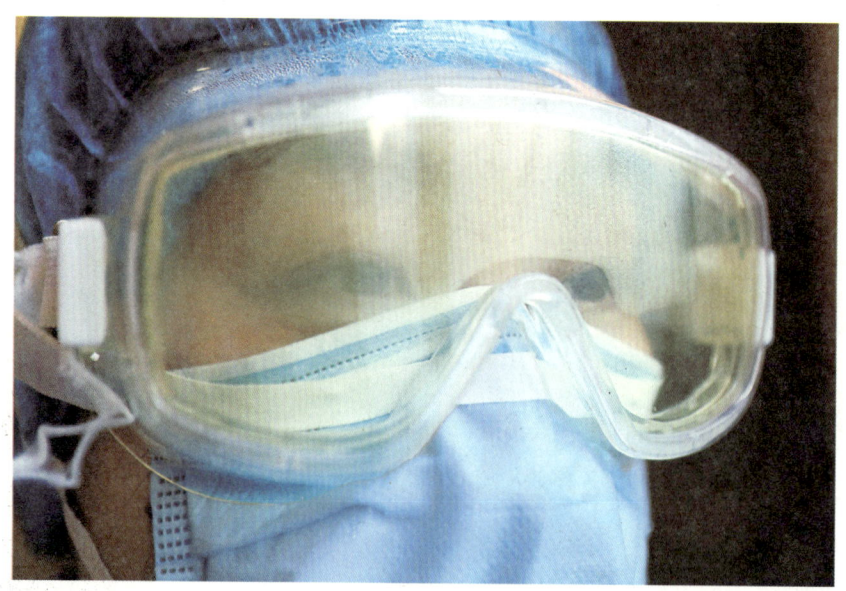

为了节约时间，医护者们连续四五个小时不喝水不上厕所，穿了十几个小时的防护服一遍又一遍干了又湿，连护目镜上都附着厚厚的水汽。（孙中钦/摄）

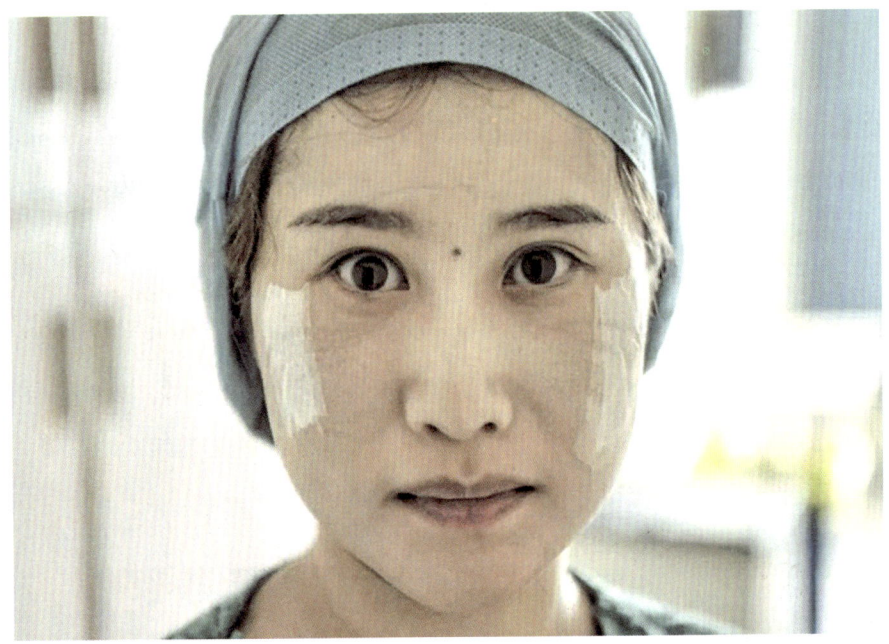

医院护士在隔离病房内工作数小时后,面部被口罩勒伤,用医用胶布贴住。(和冠欣/摄)

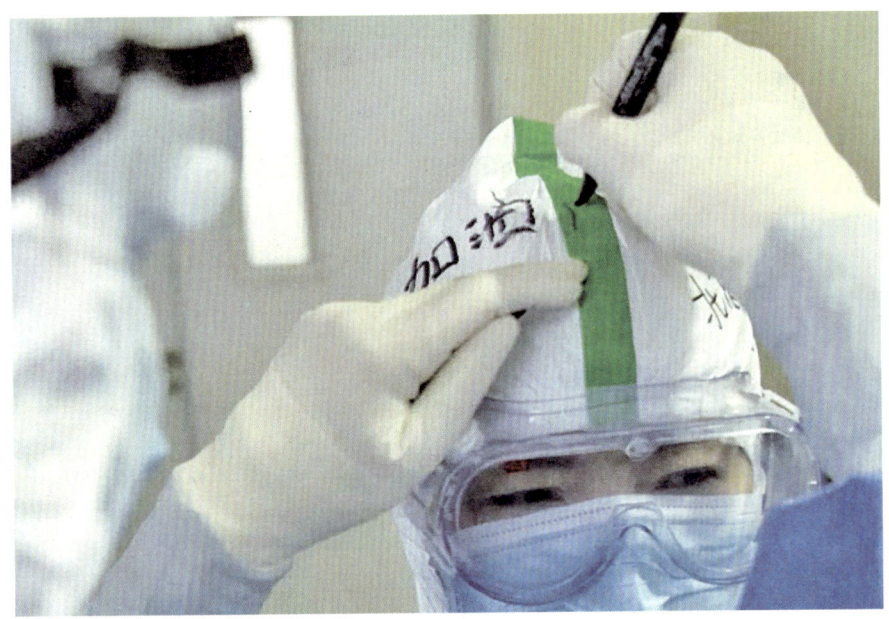

在防护衣写上"加油"字样是鼓励患者的一种方法 (陶冉/摄)

2. 面对病毒，我必须跑得更快

他身患"渐冻"绝症，妻子被感染隔离，却瞒着全院医护人员，率领600多名白衣卫士冲锋在前，与病魔争抢时间。他就是武汉最大的专科传染病医院——金银潭医院院长张定宇。

2020年1月29日，大年初五晚上10时。武汉市金银潭医院。

"不要着急，不要着急，在医院门口稍等，我马上安排人出来接。""快些，要抓紧，病人的事一刻都等不得，越快越好！"不到1个小时，一瘸一拐的张定宇连接了8个来电。在疫情中坚守的30多天，他往往是凌晨两点刚躺下，4点就得爬起来，各种突发事件、电话，应接不暇。

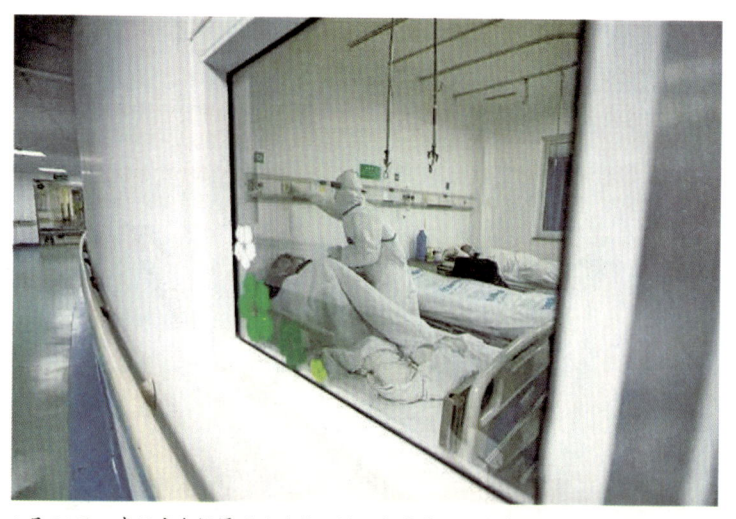

1月26日，武汉市金银潭医院北楼5楼隔离病房，医生在为患者治疗。（柯皓/摄）

自2019年12月29日转入首批7名新型冠状病毒感染的肺炎患者以来，武汉市金银潭医院在张定宇的带领下已在抗疫的烽火线上连续奋战一个多月了。这里是武汉最大的专科传染病医院，目前收治的全部为确诊新冠肺炎的危重患者。

浓眉，皮肤黝黑，风风火火。这是张定宇留给人的第一印象。"全院都晓得我脾气暴,嗓门大!"张定宇笑着说。

金银潭医院有600多名医护人员,"雷厉风行"是身边同事对张定宇评价最多的词语。

"性子急,是因为生命留给我的时间不多了。"张定宇沉默了一会儿,"我是一个渐冻症患者,双腿已经开始萎缩,全身慢慢都会失去知觉。我必须跑得更快,才能跑赢时间,把重要的事情做完;我必须跑得更快,才能从病毒手里抢回更多的病人。"

张定宇带着病痛在综合病区楼,联系协调工作。(图片来源:新华社)

渐冻症是一种罕见的绝症,又称肌萎缩侧索硬化(ALS)。2017年,张定宇赴外地出差,被专家发现腿有异样。2018年10月,他被确诊为渐冻症。

"如果你的生命开始倒计时,就会拼了命去争分夺秒做一些事,不能因为你是个病人就退缩。"张定宇说。

◆ 身为共产党员,非常时期必须坚决顶上去

1月24日,除夕夜。晚8时许,张定宇接到武汉市卫健委的电话,解放军陆海空3支医疗队共450人,分别从重庆、上海、西安三地乘军机星夜驰援武汉医疗一线,于当晚11时左右抵达天河机场。其中,陆军军医大学150人医

疗队将奔赴金银潭医院。

张定宇和团队大受鼓舞。他说,解放军来了,压力将减轻不少。

晚10时许,张定宇又接到电话,上海医疗队136名医护人员也将进驻金银潭医院,凌晨2时抵达。

安顿完医疗队住下,已是凌晨3点多钟。日历已悄然翻到1月25日,大年初一。

"腾空病区的两层楼面,搞好清洁消毒!"一大早,张定宇就开始为进驻医疗队调整空间布局。

1月26日下午1时,陆军军医大学医疗队接管该院两个病区。经过3个多小时准备,20名确诊感染新型冠状病毒的患者转入。下午2时,上海医疗队正式接手该院老病房,共两个病区约80张床位。截至晚11时,金银潭医院当天接收53名转诊患者,累计收治患者657人。

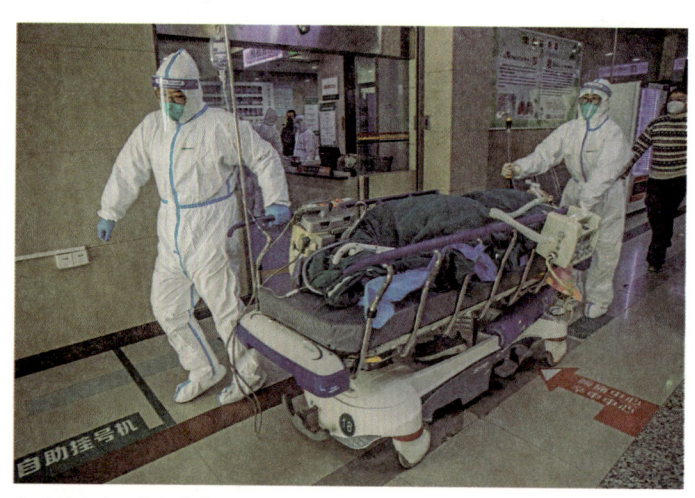

与死神竞速,抢救生命。(蔡小川/摄)

火线48小时,张定宇兵不解甲、马不停蹄。

"身为共产党员、医务工作者,非常时期、危急时刻,必须不忘初心、勇担使命,坚决顶上去!"张定宇告诉记者,全院240多名党员,没有一个人迟疑、退缩,全部挺在急难险重一线。

◆ 和很多病人家属一样，他只是个普通的丈夫

就在张定宇日夜扑在一线，为数百名重症患者转诊开启生命通道时，同为医务人员的妻子，却因新型冠状病毒感染，在十几公里外的另一家医院里独自忍受着病痛，接受治疗和隔离。

提起与病毒争分夺秒的这些日子，眼前这位硬汉，忽然湿了眼眶。

"那天，我回去的很晚，跟妻子谈起院里病人的情况，说发病的时候会很喘。她说，我也觉得有些喘。"听到这话，张定宇埋怨妻子乱开玩笑。

张定宇的妻子在武汉第四医院工作，也在疫情防控一线。第二天，她悄悄去医院检查了淋巴细胞，很低。检测核酸，阳性。肺部 CT 显示，她已被新型冠状病毒感染，随后入院。分身乏术的张定宇，有时忙得一连三四天都顾不上去看她一眼。

凌晨 1 点多钟的下班路上，想到妻子，张定宇的泪水止不住地往下淌。因为他害怕自己会失去妻子。对于妻子的疾病，他只能将担忧和害怕压在心底，去做好一个院长应该做的事情。

"我很内疚，作为医生，连自己的家人也无法保护。我更害怕，怕她身体扛不过去，怕失去她。我们结婚 28 年了，和很多担心病人的家属一样，我也只是个普通的丈夫。"

几乎没时间去看患病的妻子，却又搁不下、放不了挂念，没法想象张定宇心里怎么过的这道坎。

所幸的是，张定宇的妻子目前已经痊愈出院。这也许是对他最大的安慰吧！

（本篇文字来源：《中国纪检监察报》，原标题《与时间赛跑——记武汉金银潭医院院长张定宇》记者 王鹏志 通讯员 唐晓安 喻荠）

3．从死神手里抢病人

疫情始露，一份请战书令国人动容："我们是 2003 年奔赴北京小汤山抗击

'非典'的南方医院医疗队队员……在此，我们积极请战：若有战，召必至，战必胜！"在"原第一军医大学赴小汤山医疗队全体队员"的署名下，是20多个签名和红手印。南方医院医疗队只是驰援湖北的众多医疗队中的一支，这些医疗队来自全国各地，他们主动请缨，不顾生死，不计名利，慷慨赴难，被人誉为勇敢的"逆行者"。

1月27日，中国科学技术大学附一院医护团队首批10名队员从安徽出发，驰援武汉。路途上，成立了临时党支部，临时党支部书记是56岁的谢少清。有着24年党龄的他深知前线风险，但作为一名医务工作者，驰援是义不容辞的职责。他说："防疫工作需要，党员必须先上，我带头上。"

让我们一同走进北京协和医院援鄂医疗队接管的危重症监护病区，看看这些逆行的英雄是如何在抗击疫情的"核心战场"击退死神的。

◆ "想要让她们安心，你就要冲在她们前面"

2020年1月25日，大年初一，北京协和医院感染内科主任医师，协和首批援鄂抗疫国家医疗队队长刘正印教授主动请缨奔赴武汉一线，当被问到请战的心理历程时，刘正印教授轻描淡写地称，"这种活你不干谁干？这里面也没有什么豪言壮语，这就是你本专业的事。"

刘正印说，他经历过2003年抗击非典的"战役"，对于这种突发的大型传染病防治他有经验，这个时候如果自己不向前冲，反而让一些年轻的、没有经历过这种实战检验的医生向前冲，是不合理的。而自己有应对突发大型传染病的专业知识，专业的人就该在需要的地方去做专业的事，治病救人是最重要的。

这一次北京协和医疗队的队员普遍比较年轻，用刘正印的话说，很多人和他的女儿差不多大，他们许多人是第一次面对这种大型突发疫情。"我们工作量最高的时候，32张病床用上了28台呼吸机，我们的医护人员从ICU中出来，衣服都已经湿透，全部都虚脱了。"刘正印教授说。

医疗队员们对于具有高传染性的新冠肺炎传染病也有着天然的恐惧心理。刘正印说："医生自己其实也紧张。在普通病房里这么累，他们觉得没关系。但在传染病的病房里，他们也会有很大的心理压力，也会担心自己被传染了怎么办。这些问题都在考验着医护人员。"

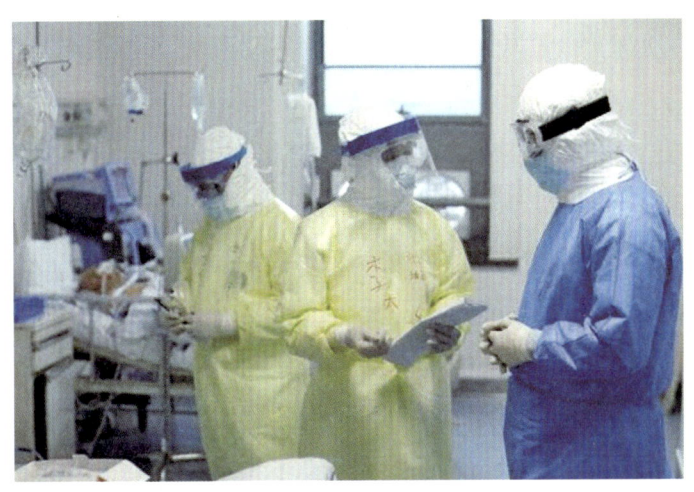

紧张的工作交流 （崔萌/摄）

所以，当北京协和医疗队来到武汉同济医院中法新城院区后，刘正印教授是队中第一个进入ICU病房的医生。而与他一同身先士卒坚持去"红区"工作的还有北京协和医院感染内科主任李太生教授。在李太生教授看来，他们这样做是安抚医疗队队员们恐慌情绪的最好方式。

◆ "他才26岁，救不活他我们会内疚一辈子"

2月5日，26岁的年轻小伙子李骁被送进武汉同济医院中法新城院区北京协和医院援鄂医疗队所接管的重症医学病区（ICU）时，已经呈现严重呼吸衰竭的症状了。据李骁的主治医生——北京协和医院重症医学科主治医师丁欣介绍，一般情况下，病人都是自主呼吸空气，如果失去自主呼吸的能力就会给病人上鼻导管吸氧，鼻导管吸氧还不行就会用氧气面罩吸氧，再不行就用无创的吸气，比如高流量吸氧，以及无创呼吸机，实在不行再上有创呼吸机，这名病人入院的时候已经恶化到必须使用有创呼吸机了。

"病人用上有创呼吸机基本上就失去自我调节能力了，全部都需要靠医务人员的治疗、调整和护理。"丁欣介绍说。在对呼吸严重衰竭的病人进行治疗的过程中，涉及到很多的环节，比如说呼吸机该怎么设置，如何避免气管插管等一系列呼吸机使用给病人带来的附带损伤等，这是一个十分考验一线医务人员的系统工作。

经过精心治疗，李骁现在已经能够"脱机拔管"。说起这个从死神手里把病人抢回来的过程，丁欣感慨万千："这是一个说起来好像很简单，但里面的每一个细节都是很重要的过程。很多病人可能就是治疗过程中一个细节没有把握好，结果令人痛心。只有把整个过程中的每一个细节都做到位，病人才能得到这样'脱机拔管'的转机。ICU病房里面的治疗过程永远都不是一个或几个人可以完成的，这是整个医疗团队的同心协力的过程。"

在北京协和医疗队首批援鄂医疗队副队长周翔医生看来，这种从死神手里抢回病人的过程不仅是治愈过程，也是安慰过程，所有医务人员除了通力协作以外，还需要拉着绝望的病人一起努力，让他们从恐慌的情绪中平静下来配合治疗。

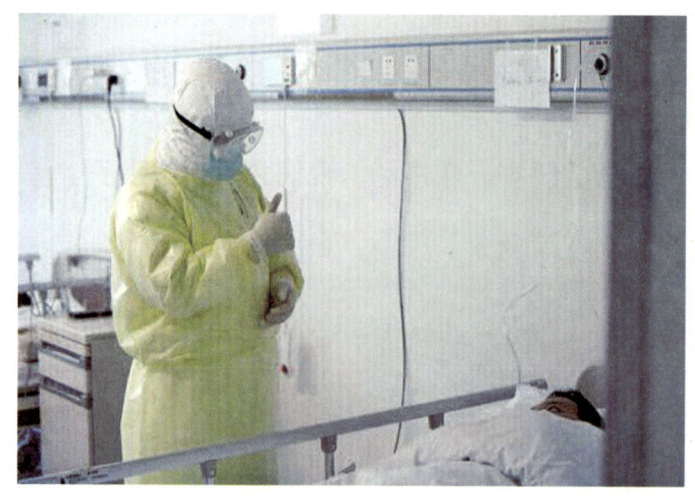

鼓励病人
（崔萌/摄）

在得知李骁已经取下呼吸机之后，李太生教授为李骁做了鼻咽试纸检测，看到李骁情况逐渐好转，马上就能转出 ICU 病房，李太生十分欣慰地感叹道，"看到他'脱管'，十分有成就感，他才 26 岁，如果救不活他，我们会内疚一辈子。"

（本篇文字来源：《环球时报》，原标题《"他才 26 岁，救不活他我们会内疚一辈子"》记者 樊巍 杨诚 崔萌）

4．向死而生

徐慧连和吴晓虹都是支援武汉的浙江医生。一位是浙江省中山医院呼吸内科副主任医师，一位是浙江大学医学院附属邵逸夫医院呼吸内科主任医师。

抗击新冠肺炎，这场战争没有硝烟，却异常凶险，她们在最前线，承受着不为人知的压力，无论是身体还是心理，每一天都在负重前行。

到武汉后的第三天，徐慧连给老公打了一个电话，"你要管好两个女儿，别让她们被传染。"电话最后，她用开玩笑的语气说，"我有两个女儿，我俩的基因都被遗传了，即使有什么意外，也不遗憾了。"

2 月 8 日是元宵节，这是吴晓虹来武汉的第 14 天，也是她心情最舒畅的一天：当天她所在的武汉普爱医院有 7 位病人康复出院。

大年初一，浙江组建首批 135 人医疗队奔赴武汉，吴晓虹是其中之一，他们支援的是武汉普爱医院。初到那里，她就感到形势比想象中的要严峻。"一是病人基数很大，二是这个病的传染性真的非常强。"

吴晓虹和同事到达武汉那天，武汉确诊新冠肺炎 618 例，3 天后，这个数字翻到了 2261 例。

"最让我们意外的是，医护人员感染的风险比较高，病毒的传染性的确厉害。"

早前，曾有支援武汉的医生在日记里这样写：听说同一层楼工作的当地一位医生确诊，我们内心百味杂陈，既为这名医生感到担心，也担心自己是否有传染风险。

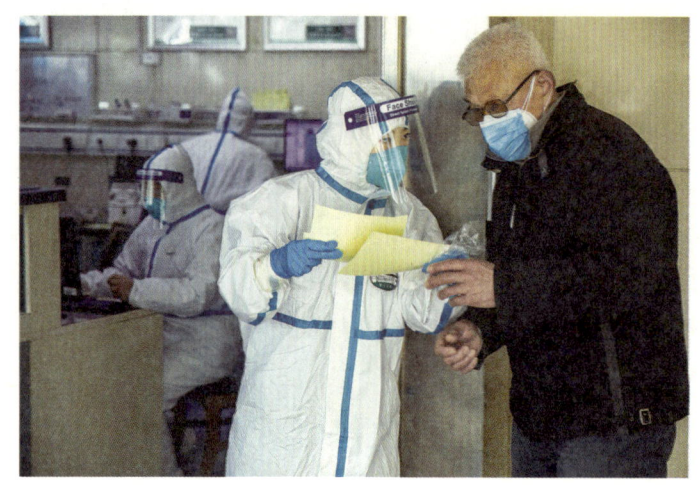

虽然听不到他们在交谈什么，但弥漫在空气里的焦虑谁都能感受到。（蔡小川／摄）

在武汉天佑医院支援的徐慧连则感到了另外一种压力。

她1月28日随浙江省紧急医疗队到达武汉。2月3日进入普通病房工作时，并没有感到异常之处。第二天，工作联络群内负责人询问：医院的重症医疗组医师人手紧张，需要支援，哪位医师有重症监护室工作经历？

有10年ICU经验、10年呼吸科经历的徐慧连第一时间报名。

进入ICU病房，徐慧连大吃一惊。"里面的病人几乎都上了纯氧，这意味着已经到了非常危险的程度。平时在ICU，不会遇到整批这样的患者。对我来说，这是很大的冲击，内心很沉重。"

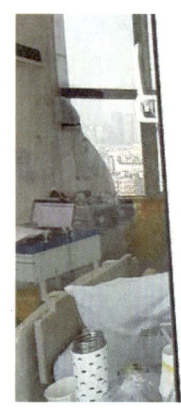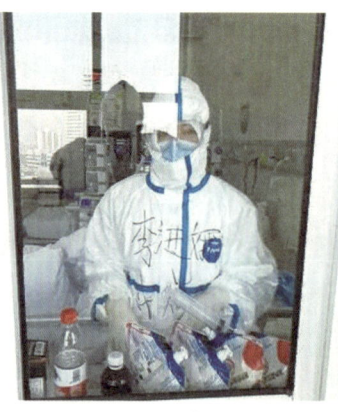

每个ICU病房内都有一名护士值守。ICU是"三分治疗、七分护理"。重重防护之下，护士们每隔一小会儿就要帮患者抽痰、翻身，患者的不适，护士都感同身受。（刘爽／摄）

为了做好防护，医护人员们小心翼翼。

徐慧连在医院时，不摘口罩，不脱防护服，不吃不喝不上厕所，避免暴露感染。她在住宿的酒店准备了一台紫外线灯，放在卫生间，进去后，所有外衣都消毒处理。

保护好自己，战斗才能继续，想要取胜，这是他们要走好的第一步。

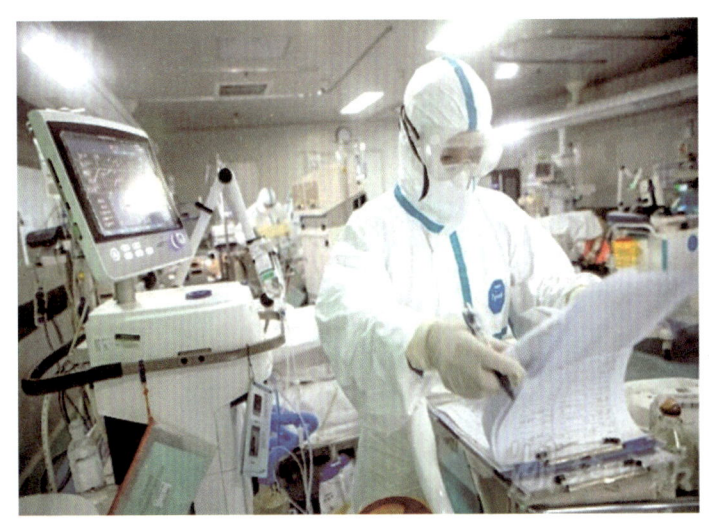

1月28日，武汉肺科医院，医护人员在ICU内检查重症患者病例。（柯皓/摄）

进入重症监护室的第三天，徐慧连遭遇了一次危机。

一位60多岁的女患者突然狂躁，扯掉自己吸氧的面罩、硬生生拔断输液管，整个人从床上往下滑。

"我和5位同行冲过去，想把面罩给她戴上，这可是要命的事，她本来就缺氧严重，没有面罩后，脸很快变成青紫色。"

病人又踢又打，对着徐慧连他们大喊，"我要医生，我要10位医生，让医生救我。"

徐慧连大声说，"我就是医生，你快把面罩戴上！"但无济于事。

顾不上太多，徐慧连和同行凑近患者，试图把她抬到床上。

"我弯腰去抱她，她的手一下子抓住了我的后背，紧紧地抓住我的防护服。"徐慧连万般无奈，只得顺势和病人一起躺在地上，用手轻轻拍她，以示安抚。

眼看着病人的情绪慢慢安定下来，身边的护士眼疾手快，把面罩给她戴了上去。

"她不是故意攻击我们，她是缺氧太厉害，控制不住地烦躁，那种窒息感，让她有这种求生的挣扎。病人也特别可怜。"从地上起来后，徐慧连全身都是汗，她感到了后怕。"但当时也顾不上害怕，管不了那么多，做医生的，都有这种职业本能。有风险，也会去做，真的不幸传染了，也无怨无悔吧。"

有同行说，要不要立遗嘱时，吴晓虹回了一句：向死而生。"对医护人员来说，死亡不算禁忌话题。"

他们做了最坏的打算，但又心态明媚。

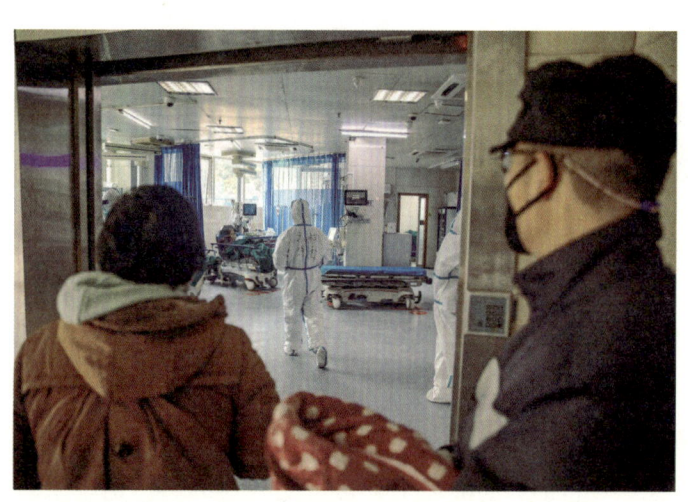

医护人员背负着多少病人和家属的希望 （蔡小川/摄）

"我每天晚上想的是：今天休息好，明天去打仗。我肯定是最勇敢的那位，我也最规范。"徐慧连声调抬高，说完哈哈大笑。

她想起了元宵节那天，一位出院的老人对他们说的一段话：虽然这场疫情有很多值得反思的地方，但不管怎样刮风下雨，太阳总会出来，花儿总会开，我们的生命也会生生不息。

（本篇文字选自：《环球网》，原标题《"这病传染性真的非常强！"浙江驰援武汉女医生：进入ICU，我在心里喊了声"我的天"》）

5. 护目镜下的视界

（吉林大学第一医院第四批援武汉医疗队队员、
吉林大学第一医院国家紧急医学救援队队员急诊内科 徐大海）

我们在2月4日深夜到达武汉，匆忙地安顿好一切备品。次日晚10点，救援队接到上级通知，江汉区方舱医院准备接收第一批患者，救援队要正式接诊了，大家即刻集合，乘坐专车赶往医院。说实话，不紧张是假的，此时的内心是紧张和期待并存的共同体。

2月6日凌晨，轮到我进方舱值班。之前穿脱防护服的培训此时起到了很大的作用，在观察员的帮助与监督下，我并没有显得太过慌乱。护目镜是此次进舱必备的防护用品。戴上护目镜，镜片上很快就起了水雾，眼前的视界也变得朦胧起来，也许白内障患者所看到的世界也不过如此。眼睛是心灵的窗户，看不清东西导致心理上会产生很多变化：恐惧和焦虑，这对诊治工作也会有影响。这个问题引起了救援队人员的高度重视。亓玉伟主任提议大家多查资料，多询问其他战友的佩戴经验。后来我们在总结实践后发现，给护目镜涂上碘伏或稀释后的沐浴露能有效防止起雾现象。但即便如此，这也不能保证护目镜长达6个小时不起雾。此刻，我才意识到拥有清晰的视野是多么美妙的事。

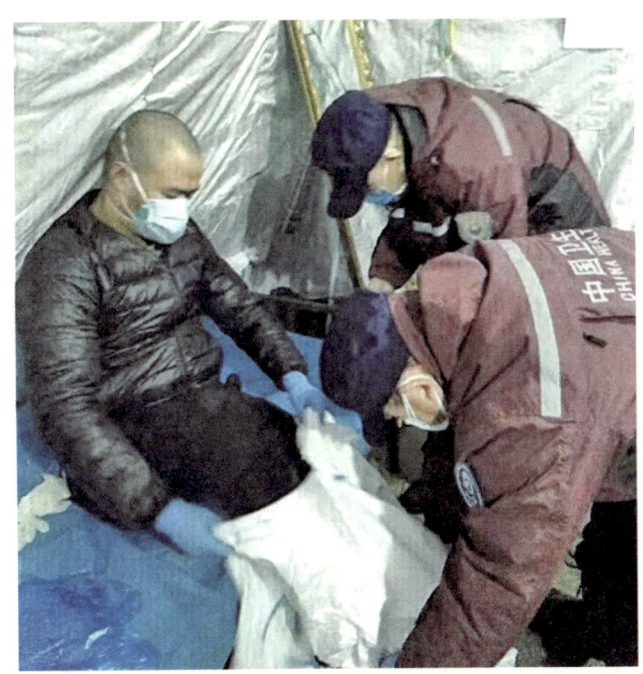

在后勤保障组同事们的帮助下，穿戴好层层防护服。

为了保证准时交接班，每天上班我都要提前一小时出发，提前到物资请领处领取帽子、防护服、口罩、鞋套以及手套，并在救援队临时搭建的帐篷里穿戴整齐。在这里，我们不得不感谢后勤保障组的同志们，每次他们都会跟观察员一起帮助进舱的队员穿戴衣服口罩等，还蹲下身体给队员穿鞋套。穿戴完毕后，队友们还建议我在防护服上写上名字，我说那就写"吉林大海哥"吧。互相帮助，这是一种团结合作、积极向上的精神。一个团队只要心往一处想、力往一处使，必能取得最终胜利。在这里，我发现每一个为了抗疫做出努力的人都是那么美。

装备整齐，穿过一道玻璃门，正式迈入方舱医院。方舱医院内收治的都是经过确诊的新型冠状病毒肺炎患者。这里有很多穿着防护服的医护、后勤保障人员在来来回回忙碌着；有些患者戴着口罩，悠闲地散着步，或拿着手机在刷新闻或与亲朋聊天，秩序井然。我们吉林医疗队负责的区域是中区的9病区和10病区，接诊后的工作是交班及查房。和上一个班的医护人员对接是否有重点关注患者和特殊交代事项后，我们开始询问每一位患者的身体情况：有无发热、咳嗽、胸闷气短等情况，是否进行核酸和肺部CT检查；核对患者的药物是否齐备，哪些患者符合复查核酸和肺部CT检查，哪些患者病情加重了需要转诊等等。这些信息一一记录并报告给每天的病区住院总医师。事情琐碎且繁杂，都需要我们小心处理对待，容不得一点马虎。几天观察下来，患者的情绪和心态都不错，有的躺在病床上看书，有的在大妈带领下跳起了广场舞。

我管理的患者当中，有一位60岁的阿姨给我留下了深刻的印象。她的儿子、儿媳都住院了，家里只剩下两个孙子在家隔离，一个12岁，一个6岁。谈到这儿，她默默流泪。社区了解情况后为两个孩子送饭。我告诉她：请相信政府，相信我们，在院期间政府会照顾好您的孙子，我们也会给您最好的治疗，让您尽快出院，回去照顾两个孩子。我能感受到大娘的焦急与期盼，也许我们的简单几句话就会给患者无限的希望，有助于他们的病情康复。衷心希望这位老人能够快点好起来和家人团圆。

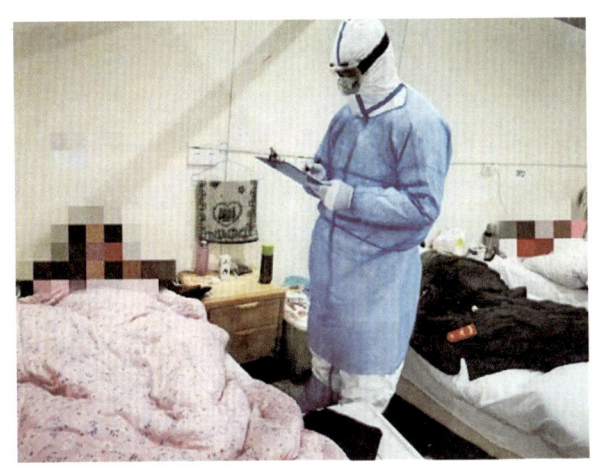

在每天的查房工作中，都要询问并记录每一位患者的身体情况。

日常工作中，戴着护目镜和口罩，穿着厚重的防护服，很快就会有呼吸困难的感觉，同时汗水把全身的衣服浸湿了，由于防护物资短缺和穿脱防护服浪费时间，所以上班前我们都会不吃不喝，避免中途出舱。在日常治疗及护理过程中，克服众多生理问题是对医护人员的巨大挑战。但挑战是考验，也是动力，特别能检验一名共产党员的意志力。有付出就有回报，患者的健康就是对我们最大的回报。看到患者康复后走出医院，就是对我们工作的最大认可和勉励。抗疫尚未成功，我辈仍需努力！

6个小时工作接近尾声，和下一班的医生进行交接，脱去防护服衣物，一切遵守防护流程，需要十几分钟，全身再一次被汗水浸透。走出隔离通道，队里负责出舱后消杀的同志会认真地给队员进行消杀工作，衣服、鞋子、脸、耳朵、鼻腔一一确认，确保零失误、零感染。最后换回自己的衣服，吸一口方舱医院外的空气，抬头看看蓝天，感受一下空气中些许春天的气息。我相信，春天很快就会到来，武汉大学的樱花依然会恣意绽放，向世人展示经历风雨后动人的韵味和气质。武汉加油！中国加油！

2020年2月12日　武汉

（本篇图文来源：吉林大学白求恩第一医院官网，原标题《徐大海：护目镜下的视界》）

6. 若有战，召必至，战必胜！

除夕夜，万家团圆之时，来自陆军、海军、空军军医大学的3支医疗队共450人，分别从重庆、上海、西安"逆行"乘军机抵达武汉，迅速开展新冠肺炎的救治工作。医疗队进驻金银潭医院的当天，就创造了一项纪录：一次性接收了30余名确诊患者。随后，医疗队又作出一个勇敢的决定：再次接收47名确诊患者，其中不少是危重患者。在这个医疗队，有7名年龄在50岁以上的专家，被医护人员亲切地称为"50后"突击队。55岁的李琦教授是第一批走进病房的。他说"疫情就是战斗，作为一名老兵，我必须上！"那天，他一口气查清了37名患者的基本情况。

1月24日是除夕夜，在这万家团圆的时刻，作为第一批援鄂"先遣部队"，解放军各军医大学的医疗队已经背起行囊，开赴机场，准备直飞武汉。疫情紧急，军令如山！他们的出征如此匆忙，都来不及与家人好好道别，甚至来不及擦干女儿脸颊上的泪水。

上海，雨夜。伊尔-76运输机发动机的低沉轰鸣声，宛如等待冲锋的战马发出的嘶鸣。来自海军军医大学的150名医护人员跑步冲进雨幕，登上军机，飞援武汉！

（图片来源：新华社）

与此同时，空军军医大学抽调的95名医护人员，从西安出发，飞援武汉。

陆军军医大学抽调的135名医护人员，组成重症组和轻症组，从重庆出发，直飞武汉！

这是三支怎样的队伍，为何能够成为全军驰援武汉的先锋？

坐落于上海的中国人民解放军海军军医大学（第二军医大学），前身是1949年9月成立的华东军区人民医学院，再往前，可追溯到1947年2月成立的华东军区第三野战军卫生部医学院（简称华东医学院）。

坐落于古城西安的中国人民解放军空军军医大学（第四军医大学），前身是1941年成立的八路军晋西北军区卫生学校，1951年更名为中国人民解放军第一军医学院，1952年10月升格为中国人民解放军第四军医大学。

坐落于山城重庆的中国人民解放军陆军军医大学（第三军医大学），1954年由第六、第七军医大学合并而成，其中第六军医大学前身是第四野战军医科学校和原国立中正医学院，第七军医大学前身为第二野战军医科大学。

三所军医大学历经多次战争卫勤保障和抗疫救灾任务，每一次，他们都冲锋在前。

这一次，也不例外。

三军军医大学的医护精英们，在同一个夜晚，从不同的地点，请战出征！

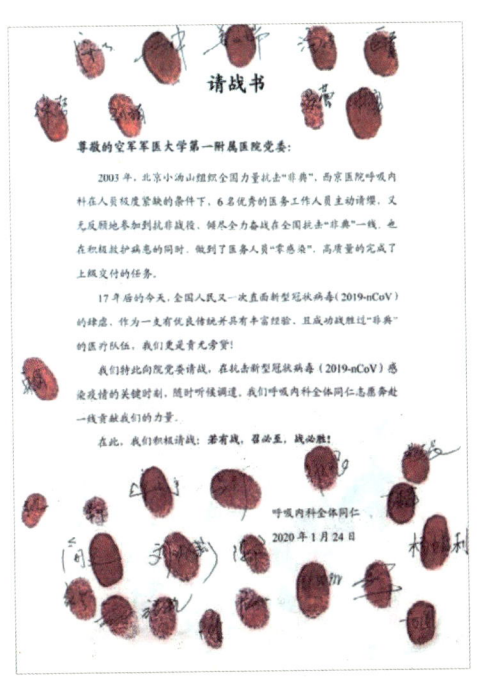

"若有战，召必至，战必胜！"这是解放军的请战誓言，也是敢打必胜的强大自信！

1月25日，大年初一，一早醒来，看到解放军医疗队已抵达武汉的新闻后，武汉人民顿时热泪盈眶。

"解放军来了！"

这五个字，对于中国这片土地上任何一处遭灾地区的百姓来说，都是穿破浓云的阳光，都是能安民心的定心丸。这颗定心丸，让武汉的患者们定心，更让上千万留下来的武汉市民定心。

（魏铼/摄）

雷厉风行的解放军从来不会让人失望。

1月25日，医疗队完成必要的防护培训，同时完成转场进驻和医疗救治的一切准备；领导带领专家组进入驻点医院展开实地勘察。

1月26日，上午，医疗队进驻各自定点医院；下午，医疗队开始整建制接手病区。

这样的忙碌，开始后就再也没有停下来。为了节省时间，提高效率，他们有人一天只睡三四个小时。有人12个小时没有喝过一滴水，有人甚至用上了尿不湿……他们在与"死神"赛跑，只为能将更多患者从"死神"手中拽回来。

我们以为他们是战神的时候，这些画面却让我们瞬间泪崩。

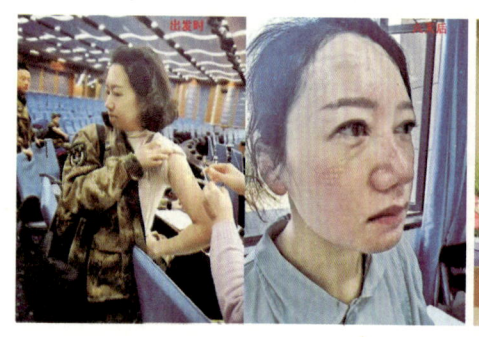  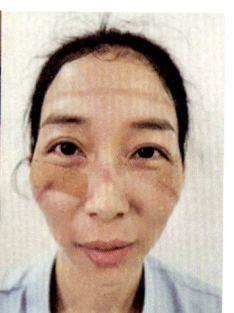

这一刻,我们才恍然,这些为武汉患者带来希望,给全国百姓树立信心的解放军,军装之下他们也都是普通人,是父母,也是子女。会受伤,也会疲惫。

但是,与这支军队的无数先辈们一样,他们从未被困难打倒!不需要豪言壮语,一个加油的手势,一个坚定的背影,再见面,已在战场最深处!

前锋之后,便是源源不断的支援。

1月26日上午,全军首批从辽宁沈阳、山东菏泽紧急调拨的一次性C级防护服10000套、酒精3760瓶等卫生物资抵达武汉。

1月28日,由解放军军事科学院军事医学研究院与圣湘生物科技有限公司,共同研制的检测试剂盒通过国家药品监督管理局应急审批,获得医疗器械注册证书。

按照中央军委命令,2月2日凌晨,空军出动8架大型运输机,分别从沈阳、兰州、广州、南京起飞,向武汉紧急空运军队支援湖北医疗队队员和物资。这是继汶川、玉树抗震救灾之后,空军参与非战争军事行动同时出动大型运输机数量最多的一次。

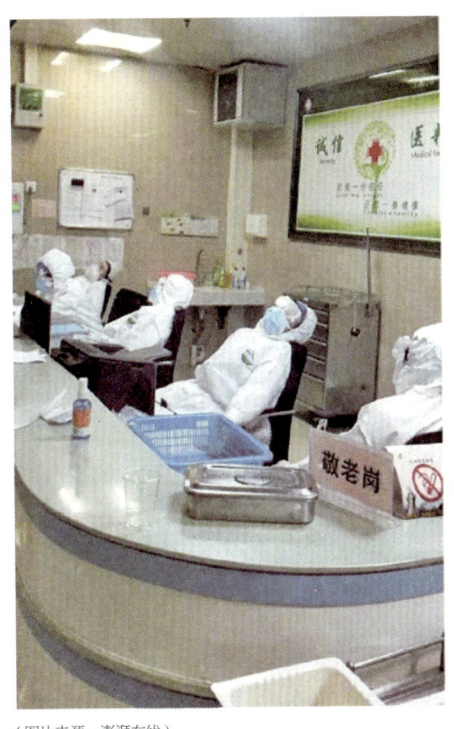

(图片来源:澎湃在线)

降落在武汉天河机场的解放军们没有休整,直奔火神山医院,正式进驻接管火神山医院。这支生力军抵达火神山医院后连夜展开工作,各项准备工作同步推进:熟悉场地,排兵布阵;配发物资,调试设备;防护培训,严格考核;专家组队,全局督导……

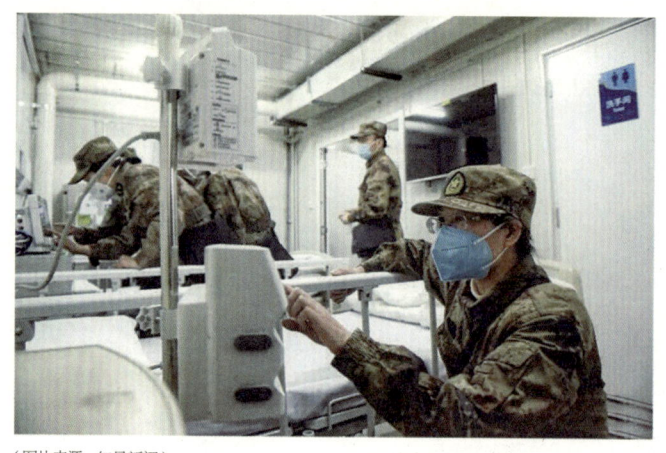

（图片来源：红星新闻）

2月4日，火神山医院开始接收患者；

2月9日，火神山医院开始接收重症患者，进一步为武汉各定点收治医院"减压"。

其实在解放军医疗队进驻火神山医院之前，这里已经有一群特殊的军人在夜以继日地挥洒着汗水。说他们特殊，因为他们已不再身着军装。但他们依旧是军人，因为军人的身份已经刻在了他们的骨子里！他们就是火神山医院的建设者。

2月12日，经中央军委主席习近平批准，军队增派2600名医护人员支援武汉抗击新冠肺炎疫情。此次抽组的医疗力量来自陆军、海军、空军、火箭军、战略支援部队、联勤保障部队、武警部队多个医疗单位。首批力量1400人已于2月13日抵达武汉。

截至 2 月 13 日，军队共派出 3 批次 4000 余名医护人员支援武汉抗击新冠肺炎疫情！

2 月 13 日凌晨，空军出动运-20、伊尔-76、运-9 共 3 型 11 架运输机，分别从乌鲁木齐、沈阳、西宁、天津、张家口、成都、重庆等 7 地机场起飞，向武汉空运军队支援湖北医疗队队员和物资。上午 9 时 30 分许，11 架空军运输机全部抵达武汉天河机场。（黎云/摄）

记不清，这是第几次，解放军冲在一线来保人民平安。1998 年长江的决堤口，是他们筑起人墙，挡住了吞噬家园的洪峰；2003 年北京的小汤山，是他们奋战不止，灭掉了 SARS 疯狂的反扑；2008 年汶川的废墟中，是他们疾步如飞，抢救下无数垂危的生命……我们知道，只要人民有难，这支本色不改的军队便会再一次站出来，冲锋在前！

他们会说：军人优先。我们知道，他们所做的是为了人民优先！也正是如此，每当看到解放军到来，忐忑和惶恐会消失，取而代之的是安心和坚定！是击败任何困难的信心和勇气！

（本篇文字及未标明出处的部分图片来源：铁血军事网，原标题《紧急驰援武汉！这三支队伍的来头有多大？！》）

7. 战"疫"进行时

◆ "随时待命"

"把吸氧和抢救的设备都准备好,随时待命!既要接得住,又要转得出。"2月9日晚,武汉客厅方舱医院门口,中南医院副院长李志强在紧张地部署。方舱医院外,一批批确诊轻症病人被陆续送来。

李志强说,集中收治千余名患者,对于任何一家医院来说都是前所未有的挑战。为确保万无一失,他们和一街之隔的武汉金银潭医院商量好,发现重症病人立即转诊。

当天晚上 10 点,已有 1100 名患者入住。为了提高救治水平,武汉客厅方舱医院还设置了心理专业组和中医诊疗组。

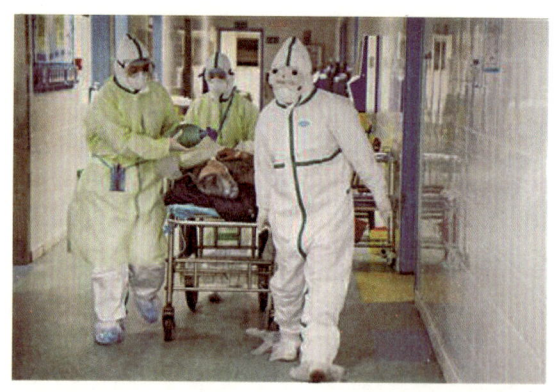

武汉市蔡甸区人民医院医护人员在转运新冠肺炎重症病人
(陈卓/摄)

◆ "我们连夜腾出 830 个床位"

2月9日23时30分,华中科大同济医院光谷院区,第一位发热病人完成登记顺利入院,该院区正式成为新冠肺炎定点收治医院。

在现场忙着指挥收治工作的同济医院副院长、光谷院区院长刘继红因为连

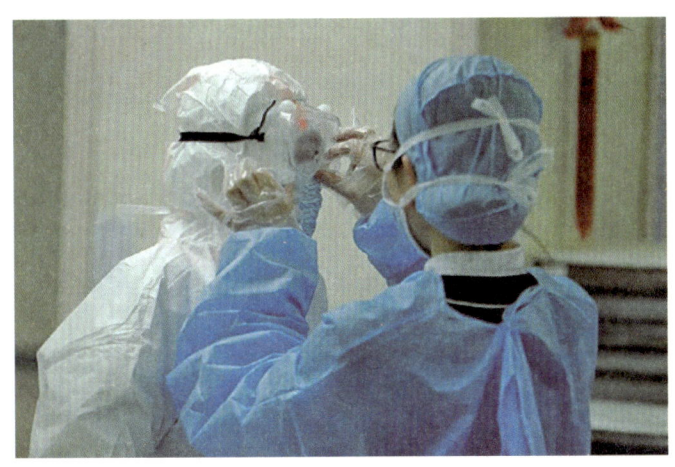

防护服一人穿起来很麻烦，一位护士让别人帮忙调整护目镜。(高翚/摄)

续熬夜两眼通红，他说，"我们连夜腾出830个床位，集中收治重症患者。"该院区的医护人员将和来自全国各地援鄂医疗队的2291名队员共同投入到救治工作中。

医护人员从专用电梯上楼后，在工作间穿戴好口罩和厚厚的防护服，进入病房区域。第二天深夜，综合医疗楼E区由综合病房改造成的隔离病房便已经住满了患者。

◆ "信心是黄金！"

2月12日，清晨6点，武汉同济医院中法新城院区B栋11层西区新病房

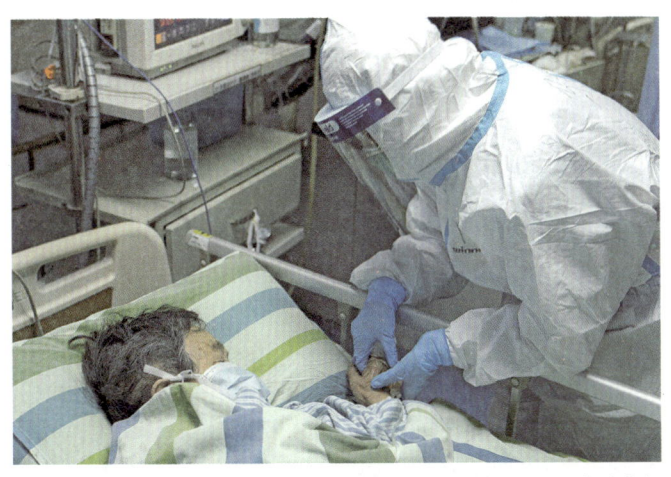

一位老人躺在病床上，因为害怕默默地流下了眼泪，护士马上走过去握住她的手安慰她。(熊琦/摄)

内，患者们从睡梦中醒来，发现自己的枕头边多了一张粉色卡片，上面写着不同的祝福与鼓励话语。这是国家援鄂医疗队队员、北医三院肿瘤放疗科主管护师马骏与值班同事刚刚准备的。

"信心是黄金！"这是58岁的李大妈收

到的卡片。"你们来了，太好了！谢谢你们大老远地过来为我们治病……"李大妈拿着卡片，说话有些哽咽。几天前，由于床位紧张，她一直没能入院治疗，每天都很着急。经过几天的治疗，李大妈病情已经稳定下来。"您一定会好起来的，加油啊！"马骏对李大妈说。

◆ "患者的病情，都要详细询问"

在火神山医院重症医学科二科病房外的转诊交接区域，每次救护车刚刚停稳，重症医学科二科主任李维勤都要带着医护人员立即将患者接进病房。

平稳放置在监护床上，再由护士迅速建立静脉通路，连接心电监护，密切观察生命体征，采集静脉血、动脉血、鼻咽拭子、痰标本。"每位患者的病情，都要详细询问，认真交接相关医疗护理文书。"李维勤认为，这才能确保对每一位重症患者做精准治疗。

火神山医院院长张思兵介绍，火神山医院集中收治患者以来，先后探索出"一人一策"式的个性化诊治方式、重大病情专家组"一锤定音"的会诊方式以及营养治疗、心理疏导和康复训练相结合的综合治疗模式。

（本篇文字来源：《人民日报》，原标题《这一仗，必定赢！武汉保卫战这10个镜头让人感动》记者汪晓东、李昌禹、程远州、吴君、申少铁、鲜敢、付文、田豆豆）

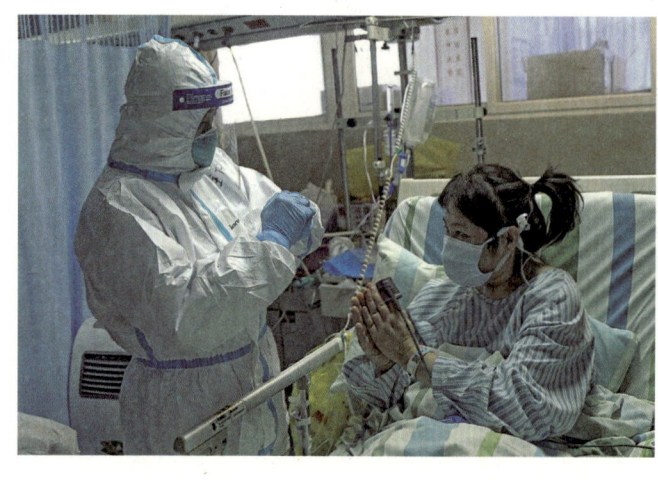

重症医学科的医生与患者用眼神和手势交流，互相拜年问候。（熊琦/摄）

第三章

生死竞速火神山

1. 吹响的集结号
2. 与时间赛跑,一小时一变样
3. 战"疫"进入新阶段

10天的时间，1000个床位，33900平方米的建筑面积，在数千万"云监工"的翘首以盼下，7000余名建设者日夜鏖战，终于建出了一个火神山！

都说，中国人是"基建狂魔"，用神一般的速度建成一所医院。其实我们都知道，哪里有什么"狂魔"、奇迹，分明是为了生命争分夺秒的"生死竞速"！

从建设决定的正式宣布，到设计师们一遍遍修改图纸、优化设计方案；从一夜之间从四面八方集结数百台挖掘机、数千名建设工人，到顶着严寒夜以继日地干个不停……有人用航拍的方式记录了整个火神山医院的建设过程。在视频中可以看到，现场有上百台五颜六色的挖掘机同时开工，数不清的渣土车进进出出，场面令人震撼，宛如大片。有外国网友看完视频后评价说："现代工程奇迹，只有中国才行！"

1月25日，建设中的武汉火神山医院。（肖艺九/摄）

从一片片荒凉空地，到一间间干净明亮的病房，10天，"火神山速度"背后凝结着7000多个建设者日以继夜的牺牲和奉献，体现了中国政府和14亿中国人民患难与共、众志成城的民族精神与国家力量。

2月1日，接近完工的武汉火神山医院，现场有3000余名工人在连续奋战。（胡冬冬/摄）

1. 吹响的集结号

疫情就是命令！为遏制疫情蔓延、缓解医疗资源不足，1月23日，"封城"当天下午，武汉市政府召开紧急会议：建设一个武汉版的"小汤山"，选址蔡甸。会议要求，按照应急工程，一切都特事特办。

中国传统民俗文化中，有火神驱灭瘟疫一说，而导致此次疫情的新型冠状病毒惧怕高温，由此，这座医院有了一个十万火急、拯救危难的名字——火神山医院。

正值万家团圆之际，命令下达，数千名建设者从四面八方星夜兼程奔赴武汉，全国各地的建设资源快速向武汉汇聚。

◆ "如果不来，我会后悔一辈子"

1月24日，除夕，一夜间，上百台挖掘机、推土机等施工机械从全市各处抵达现场，上千人鏖战，开展土地平整工作。

负责现场照明用电的徐宁波是第一批进驻施工现场的建设者。1月23日，接到通知后，他一刻也没有耽搁，安置好家人，打点好行装，第二天一大早就驾车赶到现场报到。"参与火神山医院建设是我的荣幸，如果不来，我会后悔一辈子！"他这样说。

1月24日，在武汉火神山医院建设工地，工人操作大型机械加紧施工。（肖艺九/摄）

进场第一天，他就率队完成了夜晚施工所需的所有照明设备搭建，保障了项目建设不间断。他带领的团队一共 11 人，除了他，还有 5 名机管员和 5 名电工师傅，团队专职负责现场的施工用电、照明。

他每天凌晨 1 点多下班休息，早上 6 点多起床，一天之中只有一日三餐可以勉强休息会儿，但他依旧斗志昂扬。让他深感欣慰的是家人都平安健康，工地现场的后勤保障也很完善，没有了后顾之忧，他就可以全身心投入战斗。

他说，虽然也遇到了很多困难，但这都不是事儿，困难再多，解决问题的人更多。他最大的愿望就是能够早日战胜疫情。

◆ "疫情不除，我不回家"

"国家有难，我们不能袖手旁观。支援武汉火神山医院建设，敢不敢去？"1 月 26 日晚，在山东潍坊昌乐县的一个建筑微信群里，38 岁的刘刚发起了倡议，他第一个报名，号召大家一起支援武汉。短短十几分钟，有 4 人响应报名，就这样，一支主动请战的 5 人小队成立了。

1 月 27 日上午，在办理好体温检测证明、疫情防控特别通行证之后，他们 5 人开着私家车赶赴武汉，支援火神山医院建设。

临行前，刘刚和孙志远如实向家人说明了情况，得到了家人的支持；而田志阳、臧涛和林大才选择了瞒着家人。"我就跟媳妇说，我要出趟差，过几天就回来。家里还有老母亲，我根本没敢提，就怕她问东问西。"田志阳说。"我要是跟我女朋友说去武汉，她肯定不同意，所以我就没告诉她。"臧涛说。

"到疫区，你们怕不怕？"别人问。

"既然敢来就不怕！"5 人回答。

"我来之前偷偷写了遗嘱，就是如果我有个万一，就让我儿子朝着武汉的方向磕个头就行，不用为我难过。"田志阳说，临行前，他已经把银行卡、车钥匙等给妻子交代好了。

听了田志阳的话，队友们都拿他调侃起来。但田志阳认真地说："我真是这么想的，出来就是抱着拼死的决心和必胜的信心，疫情不除，我不回家。"

武汉火神山医院建设工地的劳动场景　（胡冬冬/摄）

◆ "我们的牺牲，可以换来更多家庭的平安和早日团聚"

大年初四，中建三局的建设者翟勇在工地上已经整整忙碌了4天。他是一名有10年党龄的老党员，听到建设火神山医院的消息后，他马上主动报名参加。一大早，他就在工地上忙活开了。

他的工作是在现场负责机电安装和施工协调，施工进度紧张，整个上午，他的脚步没有停过，电话也没有停过。

上万平方米的工地，翟勇每天要走无数个来回。从除夕开始，他一天工作的时间长达17个小时。

一个上午跑下来，寒冷的冬天，他热得满头大汗，汗水甚至顺着眼镜滴下来。

到了晚上，稍有休息时间的他，立即给妻子打了电话。翟勇的妻子是武汉协和医院心外科的护士，也是一名党员。电话里，翟勇和妻子互相打气、互相鼓励。"我和她说,咱俩都得好好工作,虽然不能一起过年,但咱们现在做的工作也是有意义的,日子还有那么长,以后能一起过的年还有很多。"翟勇说,"我们家这个春节无法好好团圆了,但我们的牺牲,可以换来更多家庭的平安和早日团聚。"

1月28日,武汉火神山医院施工进入第五天。夜间施工工地亮起大灯,建筑工人们在加紧施工。
(上图:肖艺九/摄;右图:胡冬冬/摄)

◆ 来自全国各地的建材

大年初一到初六,从河北、山东、江西等地运输的2000个集装箱、20万平方米防渗层快速到达工地。正式开工以来,火神山医院工地外的知音湖大道上,高峰时拖着各种材料等待入场的运输车排队长达1公里,仅协调指挥车辆进场的人员就达到上百人。

1月28日凌晨3时23分,王俊驾驶的货车快速行驶在沪渝高速上,导航显示,还剩358.7公里即可到达目的地——湖北武汉。之前,他发了一条朋友圈,"为啥我一点都不瞌睡"。

　　他是1月27日下午5时从成都都江堰出发的。红色货车上载着的是重达2吨的货物——送往火神山医院建设工地的建材,厢式房铁门。火神山医院建设,采取集装箱式或板材式活动板房形式。王俊的货物对于建设非常重要。

　　1月25日,火神山医院承建方中建三局第三建设工程有限责任公司中南分公司委托武汉雅致集成房屋有限公司制作箱式房铁门,后者下单给了远在四川成都的供应商。春节期间,供应商工厂暂时停产,只好先拿出仅有的10套双开门存货救急。王俊车上,装载的正是这批货物。

　　成都都江堰距离武汉1200公里,王俊驾驶着这辆货车一路向东行进。货物紧急,赶路沿途,除了吃泡面、上厕所、给车加油,王俊没顾着踏踏实实地休息。28日下午2点,他的车出现在了医院工地3公里外的储货区,卸货后,随即踏上了返程路。

　　王俊觉得,自己也算为疫区做了点什么:"挺欣慰的!"

　　还有四川大英县的一家供货企业,在除夕接到通知后,随即召回了工人加紧生产,并先后两次向武汉发货,提供了一百余套厢式房屋。就在王俊抵达的当天,一栋双层病房区钢结构搭建起来。第二日,300多个箱式板房骨架完成了安装,场外的板房拼装正紧张进行。一名火神山医院建设指挥部相关负责人感慨地说,春节假期,能调集这么多人员和设备,简直令人难以置信。

　　(本篇文字编选自:《潍坊晚报》,原标题《驱车十几小时,去建"火神山"》记者陈静静;长江日报,原标题《他是火神山医院施工用电"大管家",徐宁波:如果不来,我会后悔一辈子!》记者韩玮 通讯员 潘海亮;央视网,原标题《翟勇:奋斗在一线的火神山医院党员建设者》;青瞳视角,原标题《火神山医院建设者:除夕夜在施工现场与在医院工作的妻子互相打气》记者 王天琪;长江网,原标题《早一日把医院盖好,早一日抢救病人!7500人9天鏖战铸就"火神山"》记者韩玮 郑汝可 张晟;红星新闻,《"无图纸"火神山医院的168小时》记者 杜玉全 等相关媒体报道)

2. 与时间赛跑，一小时一变样

这里被外界称为"宇宙最拼工地"，进度不是以天计，而是以小时计。与时间赛跑，设计与施工同步展开。

◆ 60人，60小时

中信建筑设计研究总院临危受命，承担火神山医院设计任务。

中信设计党委书记、总经理吴凌说，这是建院67年以来中信设计承担的最紧急、最有分量的一项任务，摆在中信设计面前的第一道难题就是如何快速组建一支精干的设计团队。

疫情就是集结号。很快，建筑、结构、给排水、暖通空调、电气等各专业专家和设计师，以及后勤保障人员纷纷到位，一支由60余人组成、拥有丰富医疗建筑设计经验的团队组建完成，1月23日当晚就紧锣密鼓投入到设计工作之中。

年三十的夜，中信设计办公楼22楼的那一束束光，温暖了人心，像灯塔照亮着寒夜。夜深了，快速敲击键盘和鼠标的声音格外的响，微信群里不停闪动着各方的需求信息。凌晨2:00、4:00、6:00……所有人都希望时间再慢一点、工作再快一点！

在团队的共同努力下，接到任务5小时内，他们即完成场地平整设计图，为火神山医院连夜开工争取到了宝贵的时间；24小时内，即完成方案设计图，获得武汉市政府认可；经过近60个小时的连续奋战，1月26日凌晨，全部施工图按时交付。

中信设计第一设计院党支部书记、设计团队协调人万丽丽说："我们靠60人连续奋战60小时，拿出施工图，跑在了时间前面。"

然而，对于一个高标准高难度的医疗项目来说，这才只是开始。大量的现场配合与更加复杂的设计优化工作紧跟而来。结合军队对医疗工艺提出的新需求，中信设计安排人员24小时在现场全程做好技术配合工作。

1月27日，为加快全国各地应急医院建设，中信设计决定向有需要的各方无偿捐赠武汉火神山医院相关设计成果。

◆ 一封请战书

2020年，黄锡璆79岁。在这个人人自危的春节里，黄锡璆成为一名幕后的"逆行者"。他的春节时间从"一封请战书"开始："鉴于以下三点：1. 本人是共产党员；2. 与其他年轻同事相比，家中牵挂少；3. 具有非典小汤山实战经验。本人向组织表示随时听从组织召唤，随时准备出击参加（疫情）抗击工程。"

这是一封递交给党组织的抗击疫情请战书。请战人是黄锡璆，是国机集团下属企业中国中元国际工程有限公司顾问总建筑师、全国勘察设计大师；他另一个更加广为人知的身份，是小汤山医院的设计师。17年前，他带领中元医疗建筑团队在7天内完成小汤山医院的设计建设任务；而今，面对新冠肺炎疫情，这名老将主动请缨，再度披挂上阵。

黄锡璆手写的请战书

黄锡璆和同事们在讨论武汉火神山医院布局　（韩沁河/摄）

1月23日13时06分,中国中元收到武汉市城乡建设局关于"应急医院设计"的加急求助函。以黄锡璆为组长的小汤山技术专家组时隔多年再次集结。78分钟后,一份整理并修订完善的小汤山医院图纸送抵武汉。

"没想到小汤山医院的图纸还能再用一次,虽然我们不希望它再被使用。"

◆ "小时制"作战地图

黄挡玉非常忙,他承担着工程信息管理工作。这是个重要的岗位。"我这里就是一个信息中枢,负担着信息的整合、中转、传输。不知道的信息,找不到的人,紧急的物资……都可以找我解决。"

他和他的团队制定了一个"小时制"作战地图。在武汉火神山医院建设工地,这是确保工程高效有序的"神器"。这份"小时制"作战地图,相当于一个工地上临时搭建起来的数据库,从设备到人员到物资再到工程实况,任何一个环节的施工信息都一清二楚。每天上午10点和下午6点,他们会对现场各单位施工进度按小时进行通报考核。"进度必须跟上,如果有延误,会第一时间上报,确保进度受控。"

日夜奋战,工人们抓紧短暂的吃饭休息时间就地小憩。(胡冬冬/摄)

◆ "这个时候我们党员不冲上去谁冲上去？"

张正林是中建三局总承包公司火神山医院项目经理，也是工地党员突击队队长。

"这个时候我们党员不冲上去谁冲上去？" 1月27日21时，张正林踩着泥水从混凝土搅拌施工场地走来，一张口，嗓音沙哑。在他身后，火神山医院建设工地灯火通明，上百台吊车、上千名工人正在奋战。

"实现'火神山速度'，靠的是一支擅打硬仗、能打胜仗的队伍，而这支队伍的核心就是党员突击队。"施工现场，张正林哑着嗓子说，从1月25日项目上成立党员突击队以来，陆陆续续已经有300多名党员加入。这些队员是工地上真正的"拼命三郎"，他们按照工种分成8个小组，24小时鏖战，不仅承担了大部分调度协调和指挥工作，还与劳务工人一起下场干活，掀起了一轮抢工热潮。

1月25日下午，张正林带着128名党员建设工人在党旗下郑重宣誓，组建党员突击队，将不忘初心、牢记使命，发挥党员模范带头作用，勇担重任，保质保量完成建设任务。

1月31日23时49分，经过国网武汉供电公司施工人员五天五夜的奋战，湖北武汉第一个"小汤山模式"医院——火神山医院全部通电。(图片来源:长江日报)

"我们好像浑身有使不完的劲儿！"张正林说，他面容有些疲惫，但布满血丝的双眼依然有神。

在党员突击队带领下，火神山医院项目施工进展神速：不到48小时，先期到达的200多名建筑工人挖出了20万立方米土方，完成了场地整平和碎石黄沙回填。

2月1日，各个施工单位正在抓紧时间安装设备和内装修。（图片来源：长江日报）

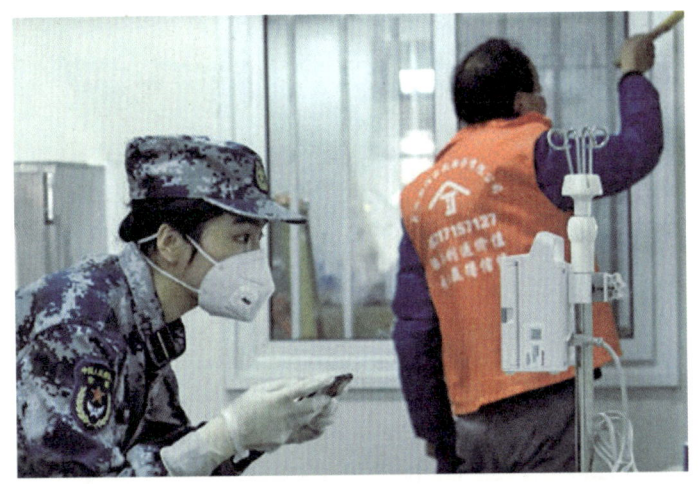

2月3日，军队支援湖北医疗队队员进入武汉火神山医院病房完成各项准备工作。（范显海/摄）

火神山医院的建设是一场大会战：中国电信仅用12个小时完成千兆光纤网络远程会诊应用系统建设，保证了解放军总医院医疗能力快速服务火神山医院；中国中铁用23个小时，完成了医学技术楼主体钢桁架的现场拼装……

多路建设大军同心勠力，火神山医院一天一个样，一小时一个样。

众志成城，无往不胜。

（本篇文字编选自：旗帜网，原标题《跑出"中信速度"的火神山医院设计者》；央视网新闻，原标题《小汤山医院总设计师黄锡璆的春节从"一封请战书"开始》；红星新闻，原标题《"无图纸"火神山医院的168小时》记者 杜玉全；人民网，原标题《战疫先锋！疫情面前，他们这样彰显党员本色》；湖北日报，原标题《与时间竞速，与疫情赛跑》记者 雷闯 张倩倩 汪洋 等相关媒体报道）

3．战"疫"进入新阶段

2月2日，这座集中收治新冠肺炎确诊患者的专门医院正式交付。

2月2日，无人机拍摄的武汉火神山医院。（李贺/摄）

医院共有两栋住院楼，呈中间医护、两边病房的"鱼骨状"布局，站在走道里可步行至任何一间病房。医院有严格的污染区和洁净区划分，实现"医患

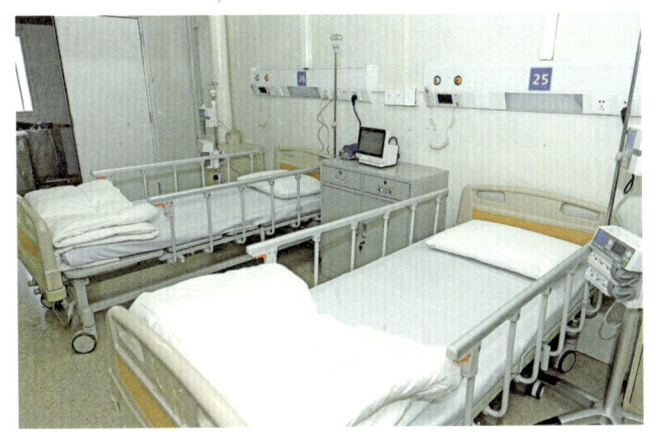

武汉火神山医院的一间病房　（陈晔华/摄）

隔离通道分离""医疗区和生活区分离"。为做到绿色环保，杜绝大气和水污染，医院铺设了5万平方米的防渗膜，覆盖整个院区，确保污染物不会渗透到土壤水体中；同时医院安装了雨水、污水处理系统，经过两次氯气消毒处理，达标后才可排入市政管网；每间病房均分别单独设置不可循环的新风系统和排风系统，它们共同构成负压系统，保持病房空气新鲜洁净，排出气体经消毒后才会排入空气中；在1号病房楼南侧设垃圾焚烧炉，固体废物集中焚毁，确保不造成环境污染。

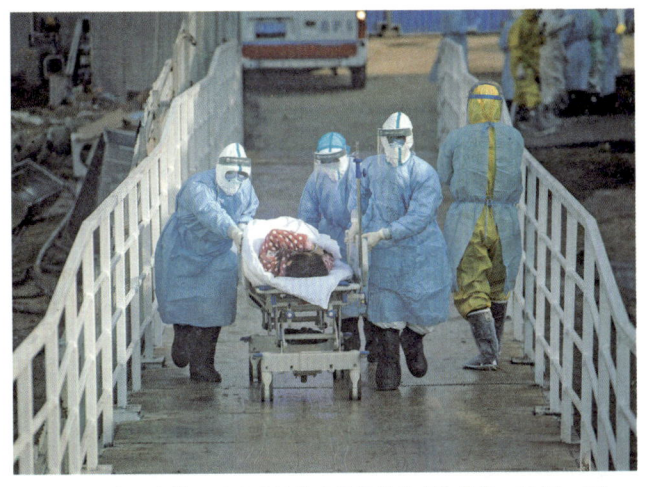

2月4日，武汉火神山医院开始收治新冠肺炎确诊患者。（肖艺九/摄）

有人说，"火神山速度，就是希望生长的速度"。

有了火神山医院，这场战"疫"进入一个新的阶段。自2月4日以来，火神山医院已收治1000名新冠肺炎确诊患者。13日下午，首批7名治愈患者出院。

2月8日，在长江对岸，可容纳1600张床位的雷神山医院交付使用，另一座"安全岛"出现在武汉。

此刻，武汉集中收治轻症患者的方舱医院正在全力运转，陆续有患者痊愈出"舱"。

没有过不去的严冬。危急关头，生死竞速，不屈的民族精神和强大的国家力量，就是我们战胜疫情的希望之光。

（本篇文字编选自：长江网，原标题《早一日把医院盖好，早一日抢救病人！7500人9天鏖战铸就"火神山"》记者 韩玮 郑汝可 张晟；《经济日报》微信公众号，原标题《"火神山"奇迹是怎样炼成的？》记者 周雷 通讯员 王腾 周雅文 彭焕）

第四章

这一刻,我们都是武汉人

1. 全国一盘棋
2. 战"疫",没有旁观者
3. 武汉,你值得最好的!
4. 不普通的生命亮度
5. 走到哪里都不变,我的中国心

疫情从武汉到全国，支援从全国到武汉。爱和希望，比病毒奔跑得更快。

力量向湖北、向武汉集结，资源向湖北、向武汉倾斜，全国人民与湖北人民、武汉人民一起，与疫情展开"生死时速"的较量。防控物资不够？企业马上复工加班生产，海内外同胞捐款捐物，物流航班车队把紧缺的口罩防护服源源不断地运来……

一方有难，八方支援，团结一心，共克时艰。这是深植于中华民族血脉的同胞情义，是守望相助的中国人面对无情病毒书写的人间温暖。全民战"疫"，这一刻，我们都是武汉人。

1．全国一盘棋

生命重于泰山，人民的利益高于一切。

疫情发生以来，中央政治局常务委员会三次召开会议进行专题研究；1月25日专门成立了中央应对疫情工作领导小组，在中央政治局常务委员会领导下开展工作，至2月13日，已召开了8次会议，全面研究和部署防控工作；中央向湖北等疫情严重地区派出指导组，推动有关地方全面加强防控一线工作；启动由国家卫健委牵头、32个部门组成的联防联控工作机制，及时协调解决防控工作中遇到的问题；2月5日，国家卫健委新闻发布会变更为国务院联防联控机制新闻发布会。

在中央的统一部署要求下，各大部委紧急采取相应措施，给防控阻击战提供各种便利和支持。

工业和信息化部紧急动员各生产企业复工复产。同时，建立国家防控物资临时储备制度，对重点生产企业的物资直接调配。针对武汉医用护目镜短缺问题，工业和信息化部从青岛紧急调拨2万副医用护目镜、5000个医用隔离面罩，并于1月27日空运至武汉。

1月29日，应急管理部会同国家粮食和物资储备局向湖北省紧急组织调拨

3000顶帐篷、2万床棉被、2万件棉大衣等中央救灾物资,支持地方设置基层疫情防控站点。

国家发展改革委协调相关企业加大湖北省和武汉市米面油肉生产供应力度,全力保障人民群众正常基本生活。

农业农村部组织广西百色、海南三亚等生产基地与武汉实行点对点保供。

商务部协调湖北、安徽、江西、山东、河南、湖南、广东、广西、重庆等9省区市共建联保联供机制,促进湖北与周边及主产地区生活必需品供需高效衔接。湖北特别是武汉紧缺什么、需要什么,有条件的省区市会在第一时间对接,协调组织货源,跨区调运湖北。

全国海关在各口岸设立专门受理窗口和绿色通道,对进口疫情防控物资实施快速验放。

2月8日,交通运输部、国家邮政局和中国邮政集团公司联合印发紧急通知,明确对执行应急物资运输任务的邮政、快递车辆落实"不停车、不检查、不收费"政策,保障车辆优先便捷通行。

在全国上下的防控工作中,中央企业也第一时间行动,在医疗、物资、交通、保障等各方面提供了有力保障。

兵器工业集团北化研究院集团新华公司员工每天工作10多个小时,将防控口罩的日生产能力提升至原来的2.5倍。中粮集团中粮生物科技调整医用酒

国药集团,全面做好防护服、口罩、免疫球蛋白、病毒检测试剂盒等医药保障。(图片来源:国资小新公众号)

精生产，24小时不停工全力保障供应，日产能从700吨上调到1000吨。中国石油、中国石化、中国海油、中化集团四家石油央企5万多座加油站正常营业，湖北境内的2600多座加油站24小时"不打烊"，全力保障油气供应。国药集团等涉医药央企攻坚克难，加快新冠肺炎防治药物科研攻关……

国家电网，重点保障医疗机构用电。（图片来源：国资小新公众号）

（本篇文字编选自：《人民日报》;《求是》，原标题《沧海横流方显英雄本色》等相关媒体报道）

2. 战"疫"，没有旁观者

突然暴发的疫情，突然打响的战"疫"，医护们第一时间挺身而出，冲进了一线。同样的时间，各行各业也都紧急行动驰援。防控物资生产企业及时复工，全面保供；生活服务、交通运输等行业夜以继日，不眠不休；媒体记者深入一线，报道实情、记录历史、鼓舞人心……在疫情面前，举国上下患难与共，前方后方同心协力。战"疫"，中国没有旁观者。

◆ 30万只口罩：20位志愿者的12小时

"一晚上12个小时，我们20位志愿者生产了30万只口罩！"这几天，位

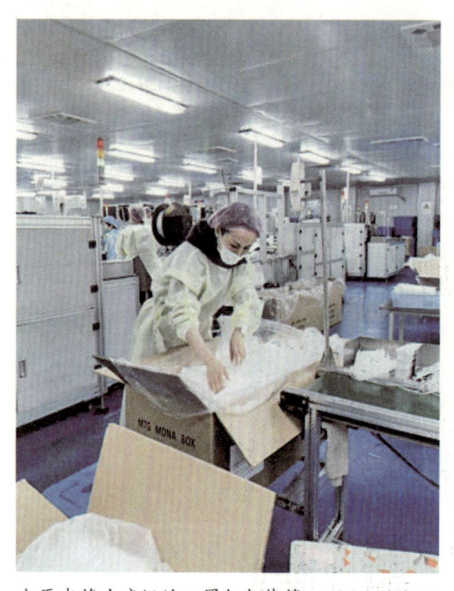

志愿者将生产好的口罩打包装箱 （图片来源：新华社上海分社）

于上海松江区车墩镇的一家口罩厂来了一群特殊的"打工仔""打工妹"。外企财务总监、全国三八红旗手、创业者、大学生、听障人士……他们身份各异，从上海各地驱车几十公里志愿前来，不眠不休12个小时，只为在口罩厂当一名"临时工"。

晚上7时，点名，接受培训，穿上一次性防护服、鞋套，戴上帽子、耳塞，20名志愿者与其他工人一起走进车间，一股闷热的气流和机器的轰鸣声迎面扑来。

12小时的工作从这一刻开始了。

"疫情当头，口罩是当下最紧缺的物资之一。机器不停，人也不停！"生产车间内，每一台机器都开足马力，以每分钟约50个口罩的速度满负荷生产。10个一叠、50个一摞、5000个一箱，流水线上，志愿者们紧跟节奏，完成每一个口罩的质量筛检、装箱、封箱等工作。

志愿者戴着耳罩在轰鸣的车间中工作 （图片来源：新华社上海分社）

这是一场紧急驰援的志愿行动。春节期间，位于上海松江区的美迪康医用材料（上海）有限公司需要紧急赶制一批口罩物资，由于工人尚未复工，人手紧缺。这一消息被上海一家公益组织知道后，该组织负责人周蓉主动联系了厂家，建议发动志愿者，支援夜间生产线。

令人没想到的是，招募信息通过公众号和相关志愿者网站发布后，报名微信群很快就"爆"了，近300人"挤"进群里，每晚20个志愿者的名额很快被一抢而空。

报名踊跃度出乎预料，周蓉与工厂商量决定，让符合条件的志愿者们轮班，在1月29日至2月9日期间，支援每晚7时到次日早晨7时的夜间生产工作。

依然有不少人"不请自来"！1月31日晚上，一对从上海宝山区顾村自驾100多公里赶来的退休夫妇，并不在名单之上。老人家开口就说了三句话："春节没出过上海。我们身体很好。你们对年龄没要求吧？"

"特别感动，也很不忍心劝退！"周蓉说，由于前期对志愿者的筛选工作非常严格，需要身体健康、近期没有出过本市的，并会提前为他们购买保险。因此，她还是不得不"硬起心肠"，劝说名单外的志愿者回家。

张城尧和妻子王丽君双双报名参加了这次志愿行动。张城尧在口罩生产一线当"工人"，王丽君负责在线当志愿者管理员。

"我和妻子的职业都是公益组织负责人，但这次的行动与众不同。"张城尧说，尽管已有心理准备，但刚开始的时候，还是有些不适应。车间现场很闷，噪音很大，机器生产的速度很快，刚干活的时候觉得自己笨手笨脚的。

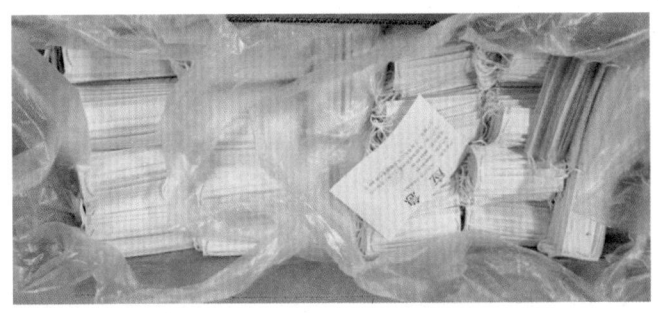

生产完毕准备封箱的口罩　（图片来源：新华社上海分社）

干着干着，熟悉度上升，张城尧的信心也越来越足。"看到电视里播报的疫情，我和妻子都很揪心，医护人员上前线，我们普通人也想做点事情，除了不出门，我们就想当一名志愿者，为大家多生产点口罩。"张城尧说。

"每35分钟生产1400个，12小时生产28800个。"48岁的志愿者孙剑一边工作一边在心里默默计算。持续奋战一整夜，鲜有人留意到，他其实是一位听障人士。"我只是想尽自己的一份力，希望这场疫情快点结束！"孙剑说。

12小时后，20位志愿者"临时工"向工厂清点交付了30万个口罩。实际上，这是一场"白加黑"的志愿行动。早上7时，口罩车间迎来一批新"工人"。美迪康春节期间24小时不间断生产，日产口罩数量已超100万只。

多一只口罩，就多一层安全防护。新冠肺炎疫情突袭，口罩成了全社会的紧缺品。"我有熔喷布，谁有口罩机？"中石化紧急跨界生产口罩，富士康、比亚迪也加入其中；许多企业、协会在国内资源紧缺的情况下，面向全球采购口罩、防护服、护目镜等防护物资；国内生产企业复工复产，生产线24小时高速运转，截至2月10日，22个省份的口罩企业复工率已超过76%。

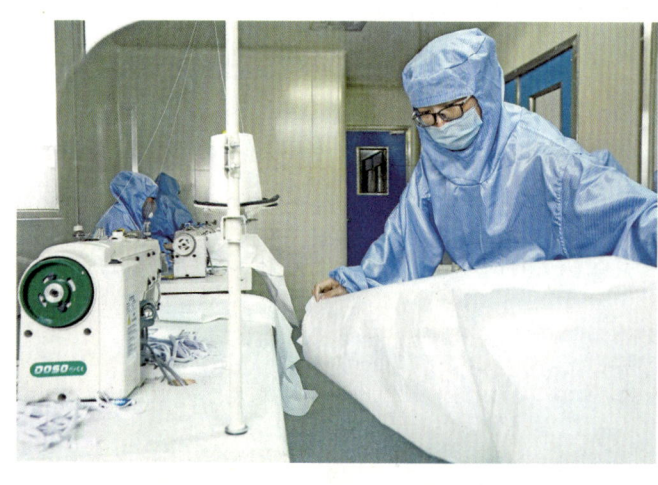

2月9日的哈药总厂生产车间，工作人员进行医用防护物资生产。哈药总厂为战"疫"而"跨界"生产医用防护物资。（王建威/摄）

优质的医用防护设备，是"白衣战士"们的护身"铠甲"。这是一场与时间赛跑的战斗，工人们期待着自己快一点、再快一点，这样就能有多一批、再多一批的口罩，守护远方的平安。

◆ 目的地：武汉

"祝你们工作顺利，武汉加油！中国加油！"

"离别之际，非常不舍，期待你们早日平安归来，我们接你们回家！"

刘传健执飞，送四川医疗队赴武汉。（王勐 王拓／摄）

这是"中国民航英雄机长"刘传健对四川第六批援助湖北医疗队白衣天使们的美好祝福。2月9日执飞3U3103，是刘传健第二次送四川医疗队奔赴湖北。

当天凌晨，他在微博上致敬医护人员：

"在我们的身边有那么一群人：在面对困难，在祖国和人民最需要的时候，奋不顾身，勇往直前。——致敬2020年2月9日搭乘四川航空3U3101、3U3103去武汉驰援的医护战士！"

7天前，"英雄机长"刘传健主动申请护送四川第三批医疗队前往武汉。他说："在困难面前，每个人都有责任，每个人都有义务去做。作为一名飞行员，在这个时候能做一些力所能及的事情，也是一件非常光荣的事，也是我们的义务。"

新冠肺炎疫情阻击战打响以来，各大航空公司停飞了不少航班，但运输保障航班还在飞行。许许多多的机长主动请缨，执飞武汉，"英雄机长"只是其中之一。

"各位白衣天使你们好，我是本次航班的机长。今天是元宵佳节，祝大家节日快乐，我们将在6点40分到达武汉，武汉的天气是晴天，温度是8度。截至今天我已经安全飞行了16000个小时，党龄21年，能陪你们一起奔赴抗击疫情的最前线，我们全体机组成员感到非常自豪和骄傲。请大家务必照顾好自己，平安归来，我们再接你们平安回家，武汉加油，中国必胜！"

这段暖心的播报来自东航机长郭中平。2月8日17时30分，东航MU2000援鄂包机搭载着由西安交通大学第二附属医院130名医护人员组成的陕西省第五批援鄂医疗人员顺利起飞。这是东航第23架援鄂包机，同时搭载的还有165件（2233公斤）随行行李和254件（2912公斤）医疗物资。

疫情阻击战，有很多人都挺身而出，他们是最美的逆行者。郭机长说："我们执行了23班援鄂包机，其中有些运送医护人员，有些运送重要防护物资，还有些从国外接旅客回国。作为一个民航人，我们也会支援这次疫情的战斗，我们需要在飞机上让他们感受到我们的用心服务，更要感受到航空人的陪伴和温暖，以及全国人民的牵挂和祝福。我们也不会停航，请大家相信我们！"

2月8日18时16分，260名中南大学湘雅医院医护人员乘坐高铁抵达了武汉站。自2月4日至8日，通过高铁运送支援方舱医院的医护人员累计已达800余名。（图片来源：《楚天都市报》）

2月3日至4日，有21支运送方舱医院设备的国家紧急医学救援车队先后从北京、天津、河北、山西、辽宁、河南等地出发前往武汉。在交通运输部门的接力保障下，车队在2月8日前先后抵达武汉。(李长林/摄)

截至目前，共有15家国内航司执行了医疗队运输任务122架次，运输人员15789名，随行行李和物资653吨。

民航、铁路、公路，昼夜不停、源源不断地把"白衣战士"和抗疫弹药送往江城。武汉，在这个春暖花开的季节，我们等着你好起来。

（本篇文字编选自：新华社上海分社，原标题《这些上海人选择去口罩厂志愿上夜班》；《北京日报》，原标题《"我有熔喷布，谁有口罩机？"中国企业组起口罩生产"英雄联盟"》；《新京报》、红星新闻、《北京日报》、澎湃新闻、四川新闻网、中央电视台新闻、环球网、《楚天都市报》、交通运输部网站、中国交通报社、中国民航局网站等相关媒体报道）

3．武汉，你值得最好的！

武汉胜，则湖北胜；湖北胜，则全国胜。

武汉，牵动着亿万人的心。

一辆辆满载着新鲜蔬果、肉禽蛋奶的货车日夜兼程从各地驶向武汉。武汉的"菜篮子"牵动着全国人民的心，只有吃饱吃好才有力气对抗病毒。武汉，我们拿出最好的支援你，因为你值得。

◆ 2018年谢谢你们的帮助，现在请收下我们的蔬果

2020年1月28日0时许，正是山东民俗"初三回娘家"的时候，寿光市

孙家集街道三元朱村灯火通明，街道办正召开紧急会议，安排村民连夜采摘新鲜蔬菜支援武汉。

1个小时后，孙家集街道的菜农们行动起来了，陈强夫妇就是其中的一家。接到通知后，他们紧忙叫起全家人，在自家大棚里采摘新鲜黄瓜，短时间内就采摘了500斤。他们知道，这是为了武汉，为了那些也同样救援过他们的人。

和陈强夫妇一样，一夜没睡的寿光菜农还有很多：洛城街道李家庄村菜农李友华的尖椒大棚里，他和家人正在采摘新鲜尖椒；稻田镇崔岭西村菜农崔冠胜夫妇叫醒了孩子，采摘西红柿……

寿光菜农们一夜未眠，连夜采摘新鲜蔬菜。（图片来源：《人民日报》）

2018年8月，寿光遭遇了自1974年以来的最大洪灾。交通刚刚被抢修恢复，就有一列来自武汉的救灾火车披星戴月飞奔而来。这列救灾专列上装载了3000顶帐篷、15000床棉被以及20套场地照明灯，也带着武汉人民的关切日夜兼程赶到寿光。

寿光重建的15个月之后，今天，寿光菜农用短短6小时，集结350吨蔬菜，14辆运输车星夜兼程直奔武汉，向坚守的武汉人民送去温暖。

菜农将采摘好的西红柿装箱 （孙波 高斌/供图）

◆ 用手薅了三天的大葱

(罗孝民/供图)

(王博/供图)

2月4日，经过10多个小时的长途跋涉，河南嵩县竹园沟村捐献的10万斤大葱顺利抵达武汉市蔡甸区。

这些葱，是全村人一致要求捐赠的。因为联系不到刨葱机械，全村人到地里用手硬薅了三天。

嵩县是国家级贫困县，大葱是村子的集体产业。目前，这里还在为全面脱贫而攻坚。

10万斤大葱，把13米长的两辆大卡车塞得满满的……这些物资在全国上万上亿的捐赠中也许并不显眼，但这是村子能拿出的最好的东西了。

◆ 汶川感恩您，武汉要雄起

河南大葱抵达武汉的这天，汶川蔬菜也"出征"了。

2008年汶川地震发生后，汶川县100多名伤者被送到武汉市多家医院，接受免费救治。在武汉市各大医院大夫们的精心照料下，所有伤者无死亡、无感染、无后遗症。

衔环结草，以恩报德。

这次疫情发生后，汶川县三江镇龙竹村村民们立即行动起来，6辆卡车，

100吨新鲜蔬菜，12个村民日夜兼程，驾车26个小时驰援武汉！6辆卡车上贴着一句话，纪念这份跨越时空的感动：汶川感恩您，武汉要雄起！

"采购采摘新鲜蔬菜时，很多村民慷慨地说，随便摘、不要钱，帮我带到武汉就行。"村支书赵勇说，"因为我们也受过特大的灾难……作为汶川人，最应该感恩！"

满载100吨新鲜蔬菜的车队驶向武汉　（图片来源：《人民日报》）

沈阳的大白菜、新疆的皮牙子、贵州的绿色蔬菜、海南的豇豆、西藏的牦牛肉、江西的信丰萝卜、黑龙江的大米、内蒙古的牛羊肉……全国各地都把自家最好的特产，搬家式地运往武汉。武汉在坚守，全中国在行动。

（本篇文字编选自：《人民日报》，原标题《向武汉出发！山东寿光350吨优质蔬菜驰援武汉》；《长江日报》，原标题《给武汉捐送350吨新鲜蔬菜，寿光菜农凌晨采摘一夜没睡》；环球网，原标题《武汉铁路部门连夜开出救灾专列 驰援山东潍坊灾区》；人民网河南频道，原标题《河南嵩县十万斤大葱捐助武汉战"疫"一线》；人民网公众号，原标题《谁说，他们不是英雄？！》；环球网，原标题《感动！汶川村民自发支援武汉100吨蔬菜》等相关媒体报道）

4．不普通的生命亮度

2020年的春节出人意料又惊心动魄。短短十几天，每个人都在这场疫情里经历着悲欢离合，却也让彼此成为了可以互相温暖、依靠的人。

疫情之下，最能看清楚人们内心深处的善良。这些不平凡的生命亮度发射出的光芒汇聚在一起，照亮了武汉，也照亮了希望的路。

◆ 30小时，两城司机的竞速接力

1月24日，除夕。

武汉蔡甸火神山医院相关设计方案完成当天中午，北京的货车司机孙洋接到了中国移动北京公司打来的一通电话："有一批基站设备需要紧急送往武汉用于火神山医院建设，明天前必须送达，很急，我们现在找不到司机，你能不能跑一趟？"彼时，有五年货车驾龄的孙洋正在超市为除夕夜的晚餐做采购准备。

"我那几天关注新闻，知道武汉的疫情很严重，他们又很着急，钱的事都另说了，能跑一趟就跑一趟吧。"随即，他放下购物框中的肉菜，转而买了泡面、火腿肠等补给，回家驱车赶往中国移动位于北京方庄的仓库取货——共15箱（高2米、宽1.2米），内装30余个机柜设备，用于火神山医院首个5G基站建设。

从北京出发时是下午2点，孙洋前一天晚上已从新闻上知道武汉实施交通管制、外地车辆无法进城的消息，"我的车进不去，只能先往那个方向赶，到时候可能有人会来接应我。"

下午5点左右，孙洋抵达河北衡水服务区。已是晚饭时间，他从服务站借来开水，泡了方便面和火腿肠当作自己的年夜饭。服务区的工作人员得知孙洋是给武汉送救灾物资时，回屋里找了个口罩给他，说了句"那边灾情严重，你自己多注意"。

又是一个电话："你将物资送到武汉东西湖收费站，德邦物流的快递员会在那边接应。"

孙洋知道，时间就是生命，一路不能耽搁。行经二十多个小时、一千多公里路程后，于1月25日下午3点抵达武汉东西湖收费站。德邦物流武汉车队司机闫东方和刘军文已在那儿等待近6个小时。

家在武汉市区的闫东方大年初一凌晨2点接到车队总监电话："白天会有一批5G通讯设备从北京运来，他进不了城，你去接应，立马送往火神山医院。"

闫东方说，妻子在听闻他第二天还要出门送货时，立即表露出了担心："外面疫情这么严重，你能不能不去？"他告诉妻子："员工春节大多都回家放假，这时候我不去谁去呢？"

早上8点，闫东方戴上口罩驱车赶往公司调取货车。7个小时后，他和刘军文一起与孙洋顺利完成物资交接。在与医院方确认了最终的收货电话和地址后，闫东方和刘军文在晚上8点将物资送达火神山。

从北京到火神山，三位爱心司机与时间赛跑，用30小时的竞速连起了风雨同舟的两座城。

◆ 我有飞机，谁有货？

上海新空直升机有限公司拥有多架直升机，创始人曹新田在春节期间发了一个"朋友圈"："我有飞机，谁有需要运输给疫区的医疗物资，可以免费提供飞行运输服务。"

消息发出后，有多人联系到他，希望能够给武汉送去物资。其中有各方爱心人士捐赠的护目镜、医用口罩和防护服，都是目前疫区急缺的救灾物资。

2月3日傍晚5点50分，一架民用直升机从位于上海浦东汤臣高尔夫球场内的机场腾空而起，满载着二十箱医疗物资直飞武汉。

（孙中钦/摄）

在这批需要运输的货物中，有一箱上海胸科医院托运的重症病人治疗试剂，需要送到上海医疗队手上。因为之前缺乏冷链，又担心路程超过48小时耽搁了药效，一度苦寻冷链运输车辆不得，如今找到直升机空运算是解了燃眉之急。

曹新田说："和陆路运输相比，直升机空运物资速度更快、更为便利，3个半小时就能从上海飞抵武汉，而同样的路程公路运输至少需要10小时。今天这架直升机将在合肥过夜，明天一早飞抵武汉，将这批物资直接交到三家医院手中。"

"现在最大的问题就是我们只有运输工具但没有物资，下一班'直升机快递'何时出发，要看能否筹集到足够的救灾物资。"曹新田表示，目前正在筹措下一批救灾物资，也将设立爱心热线向社会免费提供救灾物资空运服务。

◆ 这次，"90后"保护你们

"90后"小伙吴斌和女朋友陈娇放弃旅行计划，5天辗转马来西亚吉隆坡、槟城，印度尼西亚棉兰，于2月2日把2万只医用口罩和200个护目镜"背回"，无偿捐助给武汉市第九医院。

谁说"90后"只是温室里的花朵，他们正在用年轻的肩膀，扛起重托！

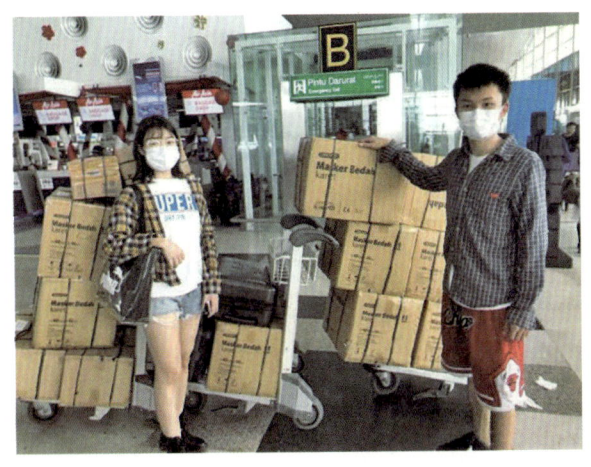

（吴斌/供图）

◆ 出现在最该出现的地方

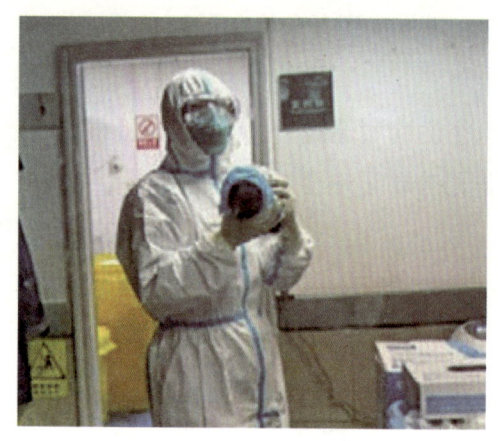

1月23日凌晨3点,新华社记者熊琦被朋友的电话从睡梦中叫醒:"疫情严重,武汉可能马上要封闭。"此时,他刚刚从武汉回到老家过年,但一座千万级人口的城市因为疫情而封闭,作为一个记者,他的第一反应是:如果不在现场,会遗憾终生。

没有犹豫,他告别家人,当天逆行回到武汉,从高速公路收费站开始,边走边拍,在武汉的街头巷尾,记录着这个城市最为艰难的一天……等下午回到家中,查阅相关报道,熊琦发现医护人员的照片非常少——没有核心隔离区的照片,这是一个巨大的缺失。他随即采购了足够支撑一周的物资和食品,做好了独自隔离的万全准备,并下定决心第二天进入核心隔离区,记录医护人员奋战在疫情防控战一线的画面。

第二天中午,在中南医院重症隔离病房的清洁区,熊琦穿好全套防护服,对着镜子拍下了可能是职业生涯中最难得的一张工作照,然后,独自走向隔离区。口罩的雾气时不时糊住眼镜镜片,隔离服闷得他浑身是汗,但心中的使命感,不断地催促他:再多拍一点,再多拍一点。

"没有犹豫,也没有丝毫恐惧,作为新华社记者,我知道我出现在最该出现的地方。这也是成千上万医护人员日夜奋战的地方,无数病人寻找生之希望的地方。"

张武军，是人民日报1月29日派往武汉的"90后"摄影记者。一接到赴武汉报道的任务，他二话不说就答应了。

对于这次拍摄任务，他对自己的要求是：不能随便站在一个地方按两下快门就完事。穿着紧绷的防护服，戴着勒紧耳朵的口罩和起雾严重的护目镜，这是对摄影记者的重大考验，"我甚至很难透过护目镜看清相机传感器里的图像"。

在媒介融合时代，要求摄影记者集图片、视频、文字报道于一身，还要根据报社与当地建立的选题线索群确定第二天的采访拍摄重点，工作量和工作强度很大。

不知不觉，忙碌中的他在武汉已快半个月了，当领导问他愿不愿意继续坚守时，他又毫不犹豫地答应了。

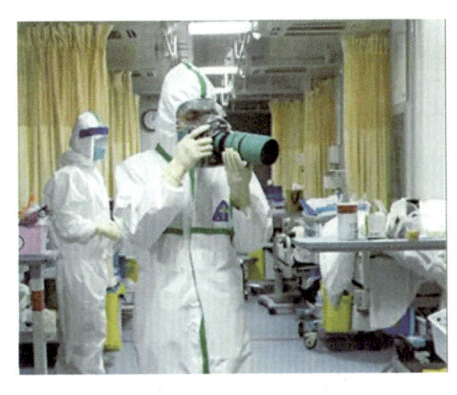

大年三十晚上，在北京准备和妻子一道包饺子过年的解放军报摄影记者范显海，接到了"出征"的命令。

1月27日，他随海军军医大学医疗队进入了"最危险的地方"——重症监护室。"上级没有硬性命令，也有人劝我不要进病房，但摄影记者和文字记者不一样，必须得在现场。既然我在前线，就得上阵地，既然端起枪，就得冲锋。"

就这样，范显海多次进入医疗一线，"每次拍摄完出病房，我都想，该做的都做到了，下次不进重症监护室了，但还是进了两次、三次。不想缺席重要事件、重要时刻，拍照的都这'毛病'"。

还有很多奋战在武汉一线的记者,他们顾不上随时暴露在病毒下的危险,用文字、图片、直播、Vlog 时时传递真实的疫情情况,报道一线抗疫的点点滴滴。一位记者说:"新闻人的本性使我不能走,祈求我能像之前很多次那样幸运,有惊无险、完整归来。"

(本篇文字编选自:《新周刊》,原标题《那些一直短缺的物资,都是怎样运进武汉的?》作者 蒋苡芯 李屾淼;《新民晚报》,原标题《我有飞机谁有货?上海民间"直升机快递"出动,救命物资直送武汉三家医院》记者 李一能;中新网,原标题《贵州小伙在海外华人帮助下背回 2 万只口罩捐武汉》作者 杨茜 邰璐璐;新华视点微博,原标题《赞!"90"后情侣不远万里带回物资,捐助武汉战"疫"》;《中国摄影报》,原标题《"抗击新冠肺炎疫情的影像力量"之摄影记者速写——无畏无憾的逆行者》记者 方妍、李晶晶、唐瑜、陈曦等相关媒体报道)

5. 走到哪里都不变,我的中国心

在国内 14 亿人心手相连并肩作战的同时,新冠肺炎疫情也牵动着海外华侨华人的心。在得知国内防疫物资紧缺的情况后,他们不约而同地行动起来,为祖国、为武汉尽一份赤子之心。一批又一批一线急需的医疗物资通过各种渠道被送往国内,海内外同胞共同抗疫,汇聚成中华民族同舟共济、众志成城的磅礴力量。

◆ "这场'战役'我们不能掉队!"

"武汉加油!除夕夜,向奋战在一线的医务人员致敬!"1 月 24 日晚,梁冠军发了一条朋友圈,配图是"美东侨界采购 10 万个口罩支援武汉疫区"的新闻截图。这批物资是全球最先抵达武汉的海外捐赠物资之一。

1 月 23 日凌晨,湖北省武汉市关闭离汉通道。

一直密切关注武汉疫情的梁冠军意识到,"需要马上行动起来了"。

作为美东华人社团联合总会会长，梁冠军赶忙联系总会荣誉总顾问邵连武、朱三东，利用各自掌握的相关资源，紧急分两批采购10万个医用N95口罩，立即发往武汉。

紧张的捐资捐物行动就此开始。

美东华人社团联合总会作为美国东部最大的侨团，旗下联合了221个侨团。梁冠军向这些侨团发出倡议：全部行动起来！

总商会旗下的福建、广东、浙江、香港等各地商会、同乡会各类侨团纷纷行动。N95口罩、防护服、其他医疗物资，"中国医院需要什么，我们就去买什么"。从下单第一批口罩至今，美东华人社团联合总会共募集各类医用口罩100万余个，除主要发往武汉以外，还向浙江、广东等疫情较为严峻的省份输送。

美东华人社团联合总会志愿者在纽约肯尼迪机场运送医疗物资
（梁冠军／供图）

梁冠军和他的团队每天都在为筹集物资忙碌。为了更高效地处理防疫物资捐赠工作，美东华人社团联合总会专门成立紧急小组。除了联络疫情一线医院、物资报关等程序性事务，寻找质量可靠的货源是目前所有工作中最困难的一项。

"我向我的私人医生定了1000个医用N95口罩，刚刚到货，我马上去找他拿。"梁冠军说，华侨华人正想办法向美国当地医院订货，利用各自的个人关系，向自己认识的诊所、医生订货，每个地方订100个、几十个，积少成多，再成批发回国内。

"我每天看新闻，全球的华侨华人都在为防疫出力。"被新闻触动的梁冠军，觉得自己只是全球华侨华人的一分子,"祖国有难,需要帮忙,我们海外华侨华人义不容辞。"

像梁冠军一样为筹集物资奔波忙碌的华侨华人还有很多。

"众志成城,我们在行动!在这场'战役'中,我们不能掉队。"博茨瓦纳中国和平统一促进会会长南庚戍在朋友圈发出募捐倡议。截至1月29日,博茨瓦纳和统会、华侨华人总商会等华侨社团共收到32万元人民币捐款,坦桑尼亚、南非、科特迪瓦、安哥拉等非洲多国华侨也已捐款数十万元人民币,捐赠医用口罩十余万个,正尽快运抵指定机构。

"作为海外侨胞,我只是尽自己的绵薄之力,做自己喜欢的事。"1月30日,巴拿马中华总商会会长黄伟文以个人名义捐赠10万个口罩,正准备送回国内。

黄伟文(右一)在快递公司货运仓库目送捐赠的防疫医疗物资装箱发货　(黄伟文/供图)

"不到10小时,捐款物资金额就超过预定目标。"美中东盟总商会会长韦家伟在得知武汉医院紧缺医疗物资后,立即在"和为桂侨胞之家"微信群等8个全球桂籍同乡会会长群发出募捐信,为在武汉一线医护人员筹集10万个口罩。随后,美国广西社团总会、美国广西总商会李央、广西华商会、美国广西同乡会、美国旧金山广西商会等一大批广西籍华侨社团纷纷响应,迅速掀起为抗击疫情捐款捐物的热潮。

有华侨华人的地方,就有筹集捐款、购买物资的行动。

◆ "年轻一代华侨参与进来了！"

"西班牙青田同乡会筹集的13万枚医务专用口罩，在48小时内从厂家抵达物流仓库中心，明天从西班牙发往中国。"1月29日，这条消息在毛燕伟的朋友圈里刷屏。作为西中经贸文化促进会会长，毛燕伟当晚从中国飞往马德里，加入西班牙华侨筹集物资的行列。

"很多华侨华人，都是不惜一切代价去找物资的。"刚到马德里，毛燕伟就感受到筹集物资的不容易。约定好的厂家临时变卦，物资紧缺价格飞涨，毛燕伟坦言："谈成一次交易都让人精疲力竭，但是很多华侨就是这样不断地出钱出力，找货源，运回国。"

更让毛燕伟感动的是，很多普普通通的华侨家庭也在一起出力。

"我看到有的华侨孩子，拿着自己的压岁钱去药店买口罩。这么小的孩子，也知道要捐给祖国。"毛燕伟说，很多华侨家里开着小店，自己忙不过来，就让家里的孩子去买口罩，一天买几个，累积起来，交给当地的华侨社团，捐给国内。

类似这样的捐赠故事，英国浙江联谊会暨商贸会会长黄萍也经历了很多。

最近一周，黄萍每天都在为汇总捐款信息和医疗物资采购忙碌。英国浙江联谊会暨商贸会拥有1000余名会员，从1月27日发出募捐通知开始，4天的时间募集捐款6万余元人民币。

西中经贸文化促进会会员正在购买医疗物资
（毛燕伟/供图）

"很多人都积极参与进来，平时不冒泡的会员也都出来捐钱，虽然金额不一定很大，但是大家的参与度比以往募捐活动都要高很多。"黄萍还担任伦敦华埠商会秘书长，商会发起捐款捐物的倡议后，各社团、学生组织、青年学生、个人都纷纷参与捐款、购买物资。不仅是她所在的两个社团，全英国的华侨华人社团都在积极为疫情防控捐资捐物。

"年轻一代华侨积极参与进来了。"这是让黄萍最感动的一点。与老一辈爱国侨领慷慨捐资不同,年轻一代华侨更擅长为科学购买物资出力——找到疫情一线医院需要的专业医疗物资对应型号,负责不同型号物资的购买和确认工作。"他们真的帮忙很多。"黄萍欣慰地说。

像这样心系祖国的年轻人还有很多。韦家伟的儿子韦博南在美国纽约市长岛杰里科高中读二年级。得知疫情消息后,他捐出今年春节刚得到的200美元压岁钱,还在学校里发起募捐活动,将筹到的1151美元全部捐给广西华侨爱心基金会,希望能为抗击疫情出一份力。

"别嫌弃我的钱少,也许用这钱能买到的口罩不多,但能保护一两位一线医护人员,也是好的!"旅美华侨廖小华虽然自己生活拮据,在了解疫情后,拿出320美元,执意捐给美中东盟总商会,委托他们购买口罩送到中国抗击疫情一线。

◆ "这首'出征'歌大家都在唱!"

"挑战是你的呼吸,决心是你的命运,当大难来临的时候,祖国是你全部的拥有!"点开旅欧华侨作曲家朱培华的朋友圈,这首为赶赴一线的浙江医疗队创作的视频歌曲《出征 出征》已被各大媒体转载。

视频里,一线医务人员忙碌工作的片段不断切换;歌声中,男歌手醇厚的嗓音和女歌手婉转的歌喉融为一体,激情与柔情共奏,感染人心。

"完成于今天凌晨3点,我和歌唱演员、词作者录音时多次流泪。中国加油!"1月28日上午10点,朱培华在朋友圈转发了第一条带有歌曲视频的推文并写下这段感言。这已是他彻夜未眠的第三天。

从拿到歌词开始作曲,到编配乐队、组织歌手录音、歌曲制作,再到推出歌曲视频,朱培华和他的团队在72小时内完成创作。这是一次跨越中国南北东西的合作:作曲家朱培华、女歌手吴晓芳、录音师杨建红身在浙江杭州,男歌手吴昊睿远在甘肃张掖，编配师刘辉回东北过年身边只带着一部电脑，伴奏制作团队在北京远程协助。

"1月25日，我在电视上看到医疗队奔赴武汉支援的报道，特别的感动，当时眼泪就流了出来。我就想给他们写首歌，也鼓舞大家的斗志。"当晚，词作家耿德迎送来歌词。朱培华一夜未眠，一气呵成地写成曲谱。

"我们所有一线的医务工作者，他们也有妻子、丈夫、儿女、父母，面对汹涌而来的疫情，他们也怕。但是在国家这个'大家'面前，'小家'只能暂时舍弃。"朱培华在曲谱中注入了自己的情感。歌曲开头缠绵婉转的曲调蕴含着"逆行者"挥别"小家"的依依不舍；高潮部分雄浑有力的旋律、军鼓铿锵的伴奏，表达的是献身"大家"的坚定决心。

歌曲传播开来后，朱培华收到一条特殊的微信私信："这首歌在我们医院顷刻刷屏，'出征'时大家都在唱，我也在心里默默地唱。谢谢您！"这是一位在浙江省第一人民医院工作的朋友，他身边的很多同事被选派前往武汉抗疫一线。

这条私信，让朱培华备受感动："抗击疫情是一场众志成城、排除万难的战争。希望歌声能鼓舞大家的斗志。"

"海外侨胞的捐赠热情非常高涨，大批物资直送武汉定点医院，缓解了抗疫一线防护物资紧缺的状况"，湖北侨联表示，据不完全统计，截至2月2日，20余国40多家海外侨社通过多种渠道，向湖北各地捐款人民币2600余万元、美元41万元、欧元5.2万元、澳元4万多元，筹措捐赠医用口罩363.43万个、防护服8.8万多套、护目镜2.1万副等，国内侨企侨商捐款2100多万元人民币，捐赠各类防疫物资价值800余万元人民币。

数字还在持续增长中。

（本篇文字来源：《人民日报》海外版，原标题《海外华侨华人战"疫"的故事》记者高乔；湖北省归国华侨联合会，原标题《侨界在行动：湖北侨联联手海内外侨胞战疫情》）

第五章

守望相助的命运共同体

1. "中国正采取史无前例的措施遏制疫情蔓延"
2. "我们将与中国朋友并肩作战"
3. 我为什么留下来
4. "我相信她将最终成功"

风雨无情,守望相助,在病毒面前,人类永远是一个命运共同体。

这次在中国暴发的新冠肺炎疫情,被列为国际关注的突发公共卫生事件,引起全球关注。中国政府能否快速有力地抑制住疫情蔓延,不仅事关本国人民生命安全和身体健康,也关系到全球公共卫生安全。

多难兴邦。当灾难不可避免时,需要的是"化"难兴邦的勇气和智慧。中国以大国担当的勇气风范和现代国家的治理手段,把疫情防控作为当前最重要的工作,与时间赛跑,与死亡较量。从中央到地方举国防控,对重灾区湖北武汉更是举全国之力驰援救助、共克时艰。正是中国政府及时采取了一系列果断有力措施,才使得这次疫情没有在国际上形成大规模扩散蔓延。世界卫生组织总干事谭德塞在新闻发布会上动情地说:"如果不是中国政府的努力,以及他们在保护本国人民和世界人民方面取得的进展,我们现在可能已经在中国以外看到了更多的病例,甚至可能是死亡。"

人类社会本就是你中有我、我中有你的命运共同体。流行性疾病需要各国合力应对。面对新冠病毒疫情这样的世界公敌,各国政府和人民纷纷伸出援助之手,给予中国莫大的支持——有声援慰问,有赞赏鼓舞,有物资援助和专家支援。对这些患难真情,中国人民会永远铭记在心。

1. "中国正采取史无前例的措施遏制疫情蔓延"

新冠肺炎疫情发生以来,中国及时向世界卫生组织、有关国家通报了疫情信息,第一时间向世界卫生组织分享新冠病毒全基因序列,组织中方专家与世卫组织专家深入开展交流。中国强大的动员能力,在实际防控措施上的及时高效,得到了世卫组织及各国专家的支持首肯,也获得了众多国家的赞赏。

德国联邦疾病防控机构罗伯特·科赫研究所主席洛塔尔·威勒说:"在此我们想向中国同行致敬,他们快速从样本中分离出新型冠状病毒以及获得病毒全基因组序列,并与世界同行共享,这对于各国开发诊断工具至关重要。"

世界卫生组织总干事谭德塞1月28日表示,赞赏中国对待这次疫情的认真态度,特别是中国政府的承诺和处理此次疫情的透明度,包括共享病毒数据和病毒基因序列。

比利时商务咨询公司赛百思首席执行官弗雷德里克·巴尔丹说,中国正采取史无前例的措施遏制疫情蔓延。中国人民在疫情面前所表现出的团结互助精神让人印象深刻、深受感动。

美国对外关系委员会全球公共卫生高级研究员黄严忠表示,中国政府为防控疫情做出了巨大努力,展现出了强大的动员能力。从中央政府到最基层社区,各级迅速行动起来,采取了一系列措施阻止疫情进一步扩散,同时运用大数据等先进技术追踪疑似感染者信息,各地也纷纷派遣医疗人员和物资支援灾区。

法国公共卫生专家伊夫·查帕克表示,中国对新冠肺炎患者采取了大规模的隔离措施,这是一次创新性实践,将为此后全球应对公共安全危机提供经验和借鉴。

著名医学杂志《柳叶刀》主编理查德·霍顿在社交媒体上说,中国政府迅速果断地采取行动控制疫情、迅速透明地分享了相关信息,这给人留下了深刻印象。

德国联邦经济发展与对外贸易协会主席米夏埃尔·舒曼表示,正是中国作出的承诺、付出的行动,避免了疫情在全球以更快的速度传播。中国采取的措施理应获得尊重和支持。

阿拉伯国家多家媒体刊发图文,持续关注武汉火神山、雷神山医院建设进度。"今日埃及人"网站刊文分析了中国为何能在如此短时间内建设起可容纳千余张病床的专门医院抗击疫情。文章指出,举全社会之力进行基础设施建设向来是中国的强项。

美国约翰·霍普金斯大学高级国际研究学院副院长、著名东亚问题专家肯特·卡尔德教授表示,中国政府采取了相当果断的措施,"即便在美国,应对这样的疫情也是相当困难的,比如在8天的时间里建立一座能够收治1000名病人的医院、控制人口流动,这些毫无疑问都是艰难且非凡的工作"。

2."我们将与中国朋友并肩作战"

疫情的不断加剧,引起了世界各国的强烈关注。多国政要及国际组织负责人相继通过各种方式,对中国抗击疫情表达了感同身受的慰问和支持,并及时提供了人道主义的无私援助,体现了人类命运共同体的强大力量。

◆ 低调且迅速的俄罗斯

俄罗斯紧急情况部于2月9日派伊尔-76运输机专程将俄罗斯援助物资送达武汉。

其实,从2月1日开始,俄罗斯已经3次用实际行动支援中国了。1日中午,俄罗斯SPB电视集团捐赠的5万只医用口罩运抵成都,以支持中国媒体同行全力抗击新冠肺炎疫情。如果不是社交媒体爆料,这条消息也是鲜有人知。5日,载有包括医疗设备等救援物资的俄罗斯伊尔-76运输机抵达武汉。同机抵达的还有5名俄罗斯防疫专家,他们将同中国专家合作研制疫苗。这5名防疫专家是自中国抗击疫情以来,首个来华开展疫情防治合作的外国专家团。

8日,俄罗斯援助中国的物资抵达俄罗斯茹科夫斯基国际机场并被装至伊尔-76运输机。俄罗斯紧急情况部国际活动司司长说,这批物资体积为190立方米,飞机已经满载。第一次听说物资按体积计算,很多人一时反应不过来。实际上,俄方一句"飞机已经满载"已经把这个疑问解释得清清楚楚了,190立方米是伊尔-76运输机的最大容量,也就是说,俄罗斯拉了整整一飞机的援助物资过来。

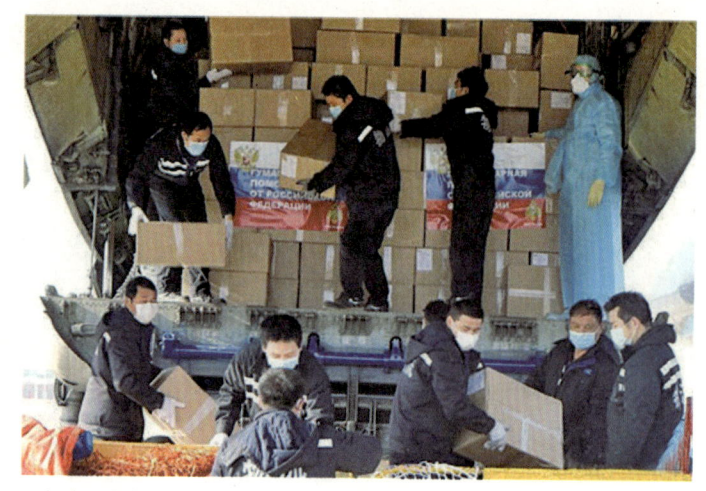
运抵武汉的俄罗斯救援物资　（图片来源：人民网）

直到 11 日下午，俄罗斯驻华大使馆官方微博才发了一条有关援助的滞后消息："因中华人民共和国暴发冠状病毒感染疫情，俄罗斯紧急情况部于 2 月 9 日派专机将俄罗斯的人道主义援助物资送达武汉。总重量超过 23 吨的人道物资包括各种医用个人防护设备。"

10 日，俄罗斯驻华大使杰尼索夫通过俄驻华大使馆官微发了一条视频。杰尼索夫说："我是'老北京人'，好多年住在中国，好多次去过美丽的武汉。在这个特殊时期，我祝愿各位武汉朋友们健康平安、百病不侵，尽早恢复正常的生活。"《俄罗斯报》当天还发表了社论《中俄患难与共》，并推出"中国加油！我们在一起！"的整版海报。

2 月 5 日，俄罗斯总统普京在国书递交仪式上说："中国和我们目前都面临着新冠肺炎传播的危险。中国政府正在采取果断有力的措施来阻止疫情的扩散。"俄罗斯愿意"向友好的中国人民提供一切必要的援助"。"这就是全面合作伙伴关系"，普京强调。

这是俄罗斯政府和人民支援中国抗疫的心声，是两国患难与共、守望相助的深厚情谊。

◆ 一场硬核洲际飞行

在疫情面前,一个很多中国人并不那么熟悉的国家,却凭借着一场硬核洲际飞行成了最近的热点。

1月29日,白俄罗斯一架特殊的伊尔-76MD军用运输机在总统亚历山大·卢卡申科的命令下,从白俄罗斯马丘利希机场飞往北京。它的使命是将治疗病毒感染并发症的4.5吨抗生素和10吨多各类消毒剂、医用防护服带到中国。

1月30日下午,白俄罗斯政府向中方援助的防疫物资运抵北京首都国际机场。白俄罗斯媒体报道称,随机抵达的还有白俄罗斯紧急状态部的高级官员,他们对中国领导人和人民应对疫情的决断和勇气表达了钦佩。这趟洲际飞行对担负战术任务的白俄罗斯空军来说是巨大的考验,机组成员经历了20多个小时的长途飞行,并在第三国多次加油。"这源于我们的本能",当地媒体这样说。白俄罗斯卫生部长卡拉尼克表示,"在这场应对疫情斗争中,我们将坚定地和中国人民站在一起"。

中国邮政航空公司无偿转运该批物资,已于31日上午运抵武汉。

从中国归国后的白俄罗斯空军机组 (图片来源:百万庄通讯社)

2月7日，搭载着第二批援助物资的伊尔-76MD军用飞机从明斯克机场起飞前往北京。这一次，白俄罗斯主要运送了个人防护设备、消毒用具和其他医疗物资，总共约20吨。白俄罗斯卫生部长说："这些都是最急需的物资。"白俄罗斯总统亚历山大·卢卡申科向中国国家主席习近平表达了支持："白俄罗斯已经向中国提供了援助，如果习近平主席需要任何帮助，我们将随时伸出援手。"

在不少的援助物资上，都暖心地贴上了"中国加油！"的字样。（图片来源：《人民画报》）

◆ 患难见真情

此次疫情，不仅让中国收到了各国源源不断的"硬核"援助，更是让中国人民感受到了满满的真情厚意。

2月5日的北京，迎来一场大雪，也迎来一位老朋友。洪森说，在此特殊时候来华，就是为了"展示柬埔寨政府和人民对中国政府和人民抗击疫情的大力支持"。再往前一天，他在韩国参加世界和平联盟峰会时还特别强调："新冠肺炎不仅是中国的问题，也是世界的问题。""患难见真情。"当天在人民大会堂会见洪森首相时，习近平主席动情地讲了这样一句话。会见洪森时，习主席专门提到柬方的温暖举动：西哈莫尼国王和莫尼列太后专门向我们表达慰问和支持,首相先生更是多次力挺中方,今天又特意来华访问,体现了牢不可破的中柬友谊和互信,诠释了患难与共这一中柬命运共同体的核心要义。

洪森首相回应,柬埔寨人民同中国人民坚定地站在一起,患难与共,共克时艰,是真正的"铁杆朋友"。

接受中柬"爱心行"项目资助的柬埔寨家庭向中方捐赠口罩

"同中国人民坚定地站在一起",不但体现在柬埔寨王室和政府对中国的大力支持中,更体现在柬埔寨百姓实实在在的举动中。

"我买了100个口罩,花了25美元,想送给中国医生。我能做的并不多,但我想尽己所能来表示感谢。"柬埔寨茶胶省的罗达尼说道。罗达尼的儿子原先患有先天性心脏病,2019年在中柬"爱心行"项目资助下,接受中国医生的治疗而痊愈。对这份中国恩情,他一直感念在心。

谢莫尼勒是《习近平谈治国理政》柬文版译者,也是中柬"爱心行"项目柬方负责人。据他介绍,此次共有86个接受项目资助的柬埔寨家庭购买了5021个口罩送往中国,"他们经济条件并不宽裕,但都希望能为中国,特别是为中国医生抗击疫情尽一份力"。

◆ "疫情过后想去武汉看樱花"

同样需要铭记的,还有我们的近邻日本。

疫情暴发后,许多国家和地区都向中国提供了国家援助,其中,日本的医疗队员在第一时间就携带着大量应急物资驰援武汉。

1月29日,日本空运来的一批支援物资就已经抵达中国,包括约1.5万个口罩、5万双手套、8000副防护镜、2000个医用口罩等。

作为武汉的友好城市,日本大分市将防灾仓库中储备的3万只口罩捐给武汉,并在纸箱上用中文写着"武汉加油!"日本政府向医药品制造企业大量采购口罩、防护服、防护眼罩、速干洗手液、橡胶手套等医疗物品,日本企业与民间也组织了捐赠。许多来自日本的捐赠物资上写着支持和鼓励中国人民的话语。日本汉语水平考试HSK事务局支援湖北高校物资上写着"山川异域,风月同天"。甚至连来华接侨民的日本专机中,都载满了赠送给武汉医院的口罩、手套和防护镜。

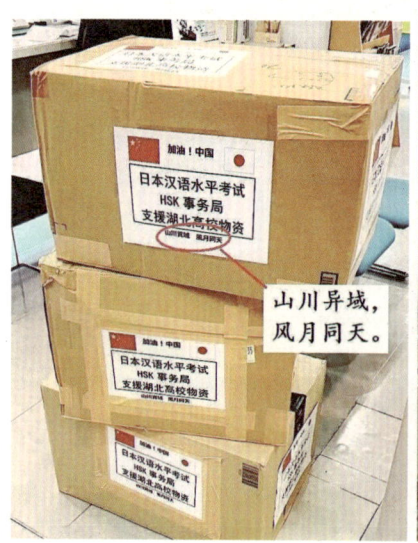

日本支援武汉的物资 (图片来源:左图,百万庄通讯社;右图,中新网)

2月8日至9日,"东京灯会满月祭2020"在池袋西口公园野外剧场Global Ring举行。在主办方特别设置的"支援武汉"展区,一名日本女孩身穿中国旗袍,怀抱捐款箱从早到晚拼命向路人深深鞠躬,号召日本民众为武汉捐款。

(图片来源:左图,杉沼惠梨佳/摄;右图,黄檗文化促进会)

女孩今年刚满14岁,小时候就到过中国大连等地,交到很多中国朋友。看到中国的朋友们在新冠肺炎疫情中正遭受的种种困难,女孩和母亲就开始思考自己能做些什么。当得知"东京灯会"需要人手帮忙为武汉募集资金,她便第一时间报名来当志愿者。

女孩说受到新冠肺炎疫情影响,经常有同学问她"中国不可怕吗"?她总会回答说:"可怕的是病毒,不是中国。中国人都很热情,中国是个温暖的国家,我很喜欢中国。"女孩还说,妈妈一提到武汉,就会说那里的樱花特别漂亮,疫情过后我也想去看看。眼下这座城市陷入困难,无论如何都要伸出援助之手。

在女孩身后,展台上摆满了日本产的樱花蜂蜜,每当有人捐款,就可以得到一瓶蜂蜜和一本《中国纪行》杂志。这些深大寺养蜂园的蜂蜜,由养蜂人杉沼女士无偿提供。她说,武汉的樱花很有名,特制了100瓶樱花蜂蜜,感谢捐款的人。"祈祷中国和武汉的疫情能早日结束。"

这些雪中送炭的举动,体现了日本人民的大爱,更增进了中日人民的友谊。

◆ 来自斯里兰卡的红茶

2月6日下午,斯里兰卡新任总统戈塔巴雅·拉贾帕克萨在科伦坡总统府约见中国驻斯大使程学源,代表斯里兰卡政府和人民向中国抗击疫情捐赠了首批锡兰红茶。

戈塔巴雅总统深情地说,他曾在武汉大学求学,并遍访荆楚大地,对这片土地和人民有着特殊的感情。疫情发生后,他专门致信习近平主席,代表斯里兰卡人民对中国人民表示衷心慰问和坚定支持。

戈塔巴雅总统向中国捐赠首批锡兰红茶(图片来源:中国驻斯里兰卡使馆官网)

斯里兰卡议长卡鲁·贾亚苏里亚提供个人捐款(图片来源:中国驻斯里兰卡使馆官网)

斯里兰卡茶叶总产量位居世界前列,出口的茶叶占产量90%以上。在恐袭之后、旅游业萧条的背景下,茶叶是斯里兰卡人可以用来养活自己、而且拿得出手的少数几种农产品之一。戈塔巴雅总统说,斯里兰卡国小力弱,援助中国抗击疫情是心焦虑而力不足,经过政府多次研究,决定先以"采买"加"募捐"的方式向中国朋友赠送几批锡兰红茶。

诚意最可贵。这是一份跨越万里山海的隆重礼物,这最有辨识度的斯里兰卡特产带来的是斯里兰卡2000万人民的浓浓情意。

2月5日傍晚,斯里兰卡首都科伦坡著名的佛教寺庙无畏寺,旌旗飘扬、梵呗悦耳、花瓣飘香。斯里兰卡总理马欣达·拉贾帕克萨结束了一整天的议会和内阁会议后即匆匆赶来,率领多名内阁部长、议员和自发前来的近千名各界民众,根据宗教仪轨和当地习俗,共同为中国人民抗击新冠肺炎疫情诵经、祈福。斯里兰卡全国范围大小寺庙里,诵经、祈福声此起彼伏。据媒体报道,自当晚开始的这一轮祈福活动,共有近百万当地民众参加。

斯里兰卡全岛为中国祈福（图片来源：中国驻斯里兰卡使馆官网）

阿斯羯利派僧王是佛国斯里兰卡最有影响力的宗教领袖之一。他呼吁斯里兰卡人民：请友好对待中国人,让中国人民感受到我们的关心。"你们不要忘记,我们患难的时候,中国怎样帮助过我们。早在内战时期,中国就和我们站在一起。联合国会议上中国对我们的支持你们忘了吗？南亚第一塔莲花塔是谁建的你们忘了吗？电站、水坝、港口城……这些都是中国对我们的帮助。"

南方嘉木赠吾兄,祈愿安康百节舒。

灾难终将过去,中国不会忘记。

◆ 你熟悉的美国企业都来了

当中国抗击疫情时,美国企业纷纷自发地对华伸出援手。

美中关系全国委员会主席欧伦斯对美国全国广播公司新闻网表示,"由于与中国有着深厚的经济联系,总部位于美国的跨国公司有动力捐款支持救灾工作。面对这场措手不及的灾难,捐款是企业社会责任的一部分。"

据美国媒体报道,比尔及梅琳达·盖茨基金会于2月5日宣布,将投入1

亿美元抗击新冠肺炎。位于美国明尼苏达州的农产品公司嘉吉将向中国捐赠约28.8万美元，并捐赠了数10万个口罩；波音公司捐赠了25万套医用级呼吸面罩；汉堡王和麦当劳正在向救治感染患者的中国医院捐赠食物；美国百事可乐基金会捐赠了72.5万美元以支持武汉的医务工作者，并且提供了医疗设备；在中国170个城市设有400多家零售店的美国沃尔玛公司与总部位于深圳的一家非营利组织合作，向湖北省捐赠了14.3万美元，用于购买医疗用品和抗击疫情；美国微软公司将提供100万元人民币以帮助武汉市和湖北省其他地区的救灾工作。美国苹果公司首席执行官蒂姆·库克表示，公司将向中国当地的团体捐款，以帮助受病毒感染的民众。

同时，一些与抗击疫情工作相关的美国企业也积极行动，为中国加油。据媒体报道，美国消毒剂生产商Decon 7 Systems正在增加一种消毒剂的生产，以满足中国疫情防控工作的需求。另据美国消费者新闻与商业频道网站报道，美国3M公司正在增加口罩等呼吸系统防护用品的生产，以满足疫情防控工作的需要。

来自美方的首批援助防疫物资已于2月4日运抵武汉。

2月5日，美国总统特朗普在其国情咨文中提及，美国正在和中国协调，密切合作应对新冠肺炎疫情。

◆ **从总统到意甲**

一段时间来,越来越多的意大利各界人士表达了对中国抗击疫情所做努力的赞赏和支持。意大利总统马塔雷拉向习近平主席致慰问电后,于2月6日专门走访了有大量华人子女就读的小学,同孩子们亲切交谈、合影,向中国人民表达慰问、传递祝福。意众议长、外长等先后向我国领导人致慰问函电,多位政府官员、政党领袖、地方领导、知名人士纷纷主动走进华人社区,同华侨华人共进中餐,为他们加油鼓劲,声援中方应对疫情的努力。

意甲豪门国米俱乐部的官方消息说,2月9日,意甲国际米兰俱乐部在同AC米兰比赛中,将用一种特殊的方式表达对中国防控疫情的支持,国米球员将佩戴"中国加油"的主题袖标,出战这场焦点之战。国米在官方公告中写道,"在新冠肺炎疫情发生后,值此艰难时刻,国际米兰向武汉及全体中国人民送出祝福——我们与你们同在,挺住!"在此前,国米俱乐部主席张康阳已经代表俱乐部,向武汉捐赠了30万只医用口罩。

1月29日下午,联合国儿童基金会向中方提供的首批防疫物资运抵上海浦东国际机场,30日中午运至武汉投入使用。首批物资包括2万个口罩和1万套防护服。这是联合国系统在疫情发生后向中国捐赠的首批医疗物资。

欧盟委员会主席冯德莱恩表示,欧盟愿尽己所能、动用一切可能的资源向中方提供帮助,将协调有关成员国为中方采购医疗物资提供便利。作为初步紧急响应措施,欧盟协调成员国调集的12吨防护物资正运往中国。

联合国开发计划署2月12日宣布向中国政府捐赠总价值约50万美元的紧急医疗物资。首批医疗物资已于当日移交给中国商务部,包含临床心电监护系统、输液泵等医疗设备。

巴基斯坦从全国各地的公立医院调集了30万只医用口罩、800套医用防护服和6800副手套运到中国。总理伊姆兰·汗表示,愿调集巴基斯坦全国现在所有库存向中方提供抗疫医疗物资援助。巴基斯坦人民将坚定地与兄弟的中国人民站在一起。

韩国政府捐赠的紧急援助物品也于2月5日运抵重庆,包括口罩、医用手套、防护镜、防护服、洗手液等。"我们将不遗余力与中国共克时艰",韩国总统文在寅说。

伊朗驻华大使馆在官方微博上宣布,红新月会捐赠的100万只口罩已运抵北京。伊朗驻华大使馆表示:"我们对中国政府和人民在疫情中遭受的损失感同身受,也对他们抗击疫情的坚定决心和意志深感敬佩。中国一定能战胜疫情,而我们将与中国朋友并肩作战。"

……

各国援助随着时间的推移还在不断地来到中国,有官方的,有民间的;有企业的,有个人的。所有这些足以让每一个中国人感动,足以给我们继续战斗的勇气和力量。在疫情面前,人类永远站在一起,永远是一个共同体。

(本篇文字编选自:腾讯网,原标题《俄罗斯紧急情况部国际活动司司长说,这批物资体积为190立方米,飞机已经满载》;百万庄通讯社,原标题《患难见真情!这些令人泪目的硬核援助,中国人民记下来》;新华网,原标题《战"疫"时刻,他专程来华对习主席说"同中国人民坚定地站在一起"》;环球网,原标题《泪目!寒冬里,这个日本女孩拼命鞠躬为武汉募捐!》;斯里兰卡小妞微信公众号;《光明日报》,原标题《美国学界企业界点赞和支持中国抗击疫情》记者汤先营;新华网,原标题《综述:滞留中国公民顺利回国疫情时刻中意守望相助》;搜狐网,原标题《点赞!国米将佩戴"中国加油"袖标出战德比,已捐赠30万只口罩》;《人民日报》;中国网等相关媒体报道)

3. 我为什么留下来

国籍不同、语言不同、年龄不同、职业不同,他们的人生都与中国这片土地紧密相连。面对这场共同的战"疫",很多人选择留在了中国。

◆ "我是武汉人,武汉我在你身边"

2月3日晚,法国驻武汉总领事贵永华在自己的朋友圈写下这样一句话:

法国驻武汉总领事馆的法国员工

"我是武汉人,武汉我在你身边"。

"法国驻武汉总领事馆目前是开放的,馆内的法中员工都自愿留守岗位。"贵永华说。在这个艰难的时刻,他和他的同事们选择留守武汉也表明了法国同武汉、同中国患难与共的决心。

"武汉出现新冠肺炎疫情以来,看到有这么多人被确诊,这座城市不再像从前般喧闹,我与大家一样痛心。"贵永华说,"我对武汉怀有深厚的感情,它是我人生中的重要一环。在这个艰难的时刻,我要留在这里,与它共渡难关。"

贵永华和武汉有着深厚的渊源。

1998年,法国驻武汉总领事馆开馆时,身为外交官的贵永华曾在这里工作3年,这也是他入职法国外交部后外派的第一站。

2017年9月,贵永华再度来到武汉,这次他担任的是法国驻武汉总领事。

贵永华喜欢武汉的热干面,周末的时候他喜欢去江滩散步。这位"中国通"不仅说着一口流利的普通话,还会讲几句地道的武汉话。他的女儿们在这座城市中长大,并在这里学习中文。对他而言,武汉就是自己的家。

武汉是法国在华投资最多的城市,也是法国民众在中国居住最多的城市之一。

目前,有200多名法国人及其家属离开了武汉,但也有很多法国人选择留守在这里,他们决定同自己的家人或者同事一起在这座城市里并肩战斗。

近日，法国政府向中国援助了两批医疗防护器材，这些物资都被送往武汉大学中南医院。

◆ 一个苹果的故事

（人民画报社俄文编辑部俄罗斯籍专家　帕拉莫诺夫·维塔利）

摆在我面前的是一个普普通通的、被轻微挤压过的苹果。

然而，它并不寻常。

今天是我许多天来第一次出门去超市。根据建议，所有人都尽量减少外出频次，并保持自我隔离。在通过小区门口的测温检查后，我骑着电动车去一家超市买了些食物。快到家了，才想起还得给家里的宠物蜥蜴买个苹果。我只好顺便光顾了附近的一个普通小店，拿了一个苹果准备结帐。收银的女孩不解，为什么不多买点儿？为了方便说明，我给她看了手机里宠物蜥蜴的照片。我说，只能用苹果喂这个小家伙了，因为宠物商店都还没营业……

女孩说："那就直接拿走吧，不用付钱了！"

我依旧坚持：要不让我付钱，要不就换一个"卖相差点"的苹果给我，反正蜥蜴无所谓的。她回答："不，不用！大家同舟共济啊！这可怜的小动物……"

现在我在家静静地坐着，盯着这个苹果，思考着，那些为生活马不停蹄的人们在共同直面危险时所做出的改变。

今天超市只允许电子支付购物，但作为一个"孤陋寡闻"的外国人，我不清楚怎么安装对应的支付小程序。我只好向身边唯一的顾客求助。看得出戴着口罩的她和所有人一样害怕（被传染）。我明白，这要是换我们那儿（俄罗斯），一定有很多人会走开，不理会这样的外国人。但经过几秒钟的犹豫，她帮忙了。在得到我同意后，她先细心地用酒精喷雾给我的手机消了毒，然后帮我安装好了小程序。她眼中这几秒的挣扎和她最后的决定，比任何赞美友谊的言论都珍贵。

我之前曾觉得每天上报体温只是一个走形式的过场。但我所在的单位每天都会列表登记，确认每个人的身体状况，还免费发放口罩；每天大家在微信群里也都认认真真地接龙报体温和身体状况……

一位熟悉的大学外教告诉我："从来没有外人像这样关心过我，我感动得直流眼泪……"

我还收到一些熟识的外国留学生的消息。他们假期留在中国，之后被隔离在学校里。听他们说，校方非常尽心尽责，为保护他们，禁止（外来人员）出入，给他们分发口罩、每天测量体温并提供食物。

现在，看到这个苹果，我明白了，尽管还有防疫、恐慌和一些危险，人们却走得越来越近。

我不想再用随处可见的四个汉字（"中国加油"）表达对中国的支持，毕竟很多人已经说过了。

我只能通过消除恐慌来帮助中国民众对抗疫情。

因此，我会继续写一些故事，讲讲我，一个在中国普普通通的外国专家现在面临的最大问题——养好假期回国的女儿留下的小可爱蜥蜴。

一切都会好起来的！

◆ "这无关金钱，不论国界"

我叫 Anthony Que，美国人。

我是兰州大学外国语学院新聘任的英语外教，2月1日出发来兰州。这是我第一次来中国。我带了5个大箱子，其中3个是我从美国买的专业医疗护具，包括捐赠给兰大一院的防护面具、口罩、眼镜和手套等。我还给我的中国朋友带了些防护面具和口罩。

来中国之前，我是一名资深临床药剂师，曾在美国第二大连锁药店CVS药店、迈阿密大学的教学医院杰克逊纪念医院工作。去年12月，我通过兰州大学外国语学院的网上面试并签约，成为一名教授本科生英语口语课程的教师。2月6日,是合同上约定我报到入职的日子。因为中国疫情严峻,学院建议我推迟报到。可既然签了合同,就该履行承诺。况且我还是学医的,应该可以做些力所能及的事情。即将启程时,学院在外教群里发布了一份英文捐赠倡议,说在中国有很多人、特别是医院需要更多的护具。我在医院有很多朋友,于是就买了一批。

从美国到中国,旅途很远,但我一路上遇到了很多好心人。2月1日,我动身出发。在美国机场过安检的时候,安保人员问我到中国做什么,我说是到中国工作,带了些医疗护具,检查完后还减免了行李超重的费用。在上海中转,遇到一位从兰州来沪工作的出租车司机,听说我是到兰州做英语老师,带了一些医疗护具要捐献,说什么也不收打车费,最后还是我硬塞给司机的。火车站里,保安也帮忙拉行李⋯⋯我这一路基本上没有遇到什么困难,这里的人们都很好。

我只是遵守诺言来中国,在正确的时间做正确的事。我从来没有特意计划在这个时候来,但也决不会因为疫情离开我的工作岗位。应对疫情是整个人类的事,我这样做不是因为我是美国人或是欧洲人。这无关金钱,不论国界。根据我的专业经验,以及从疫情暴发以来中国人民的有效组织和积极应对,我坚信,坚强的中国人民一定会打败新型冠状病毒这个魔鬼,就像在历史长河中她已经多次做到的那样。

现在,我每天在公寓里准备线上教学的课程。工作不忙的时候,我计划弄一个机器人乒乓球训练器。疫情过后,我想在校园里打乒乓球,组装电动自行车,参加兰州马拉松比赛⋯⋯我相信,这一天很快就会到来。

◆ "不管经历了什么,我们都应该坚定地站在一起"

我叫 Mansoor Alam,巴基斯坦人。

举家团圆的春节对于一名身在中国的外国人,也是回国探亲的最佳时间。然而今年我没有回巴基斯坦,因为中国——这个给予我良好教育、工作以及更好生活方式的国度,正在与新冠肺炎疫情抗争。我想我应该做点什么。2月1日,我从同事那里得知当地社区需要一名志愿者,我马上报了名。

我是2015年从巴基斯坦获得学士学位后来到中国的,在西安交通大学攻读电气工程硕士学位。西安交大对我来说就像家一样,我的导师、辅导员、同学都如亲人般指导我、帮助我、陪伴我。获得硕士学位后,我在上海一家技术公司开始工作。工作的这几年里,我更能感受到中国人的热情与亲切,中国对于我来说就是第二故乡。

在得知新冠肺炎在中国蔓延时,我有两种选择:第一,立即回到巴基斯坦,等到疫情结束之后再回来;第二,留在这里,为这个曾给予我巨大支持的国度尽一份力。我毫不犹豫地选择了后者。我想,中国正在经受苦难,我不能也不应该离开。

2月4日,经过培训,我的防疫志愿工作开始了。当天早上,我来到上海外冈镇的一个社区进行防疫宣传工作。这个社区是外籍人士居住较为集中的区域,我会说中文和英文,所以主要针对外国朋友发放告知书和口罩,并向他们宣传防疫注意事项等。完成这项工作后,我又前往上海与江苏太仓市交接的国道口,协助途经车辆人员的体温测量、信息登记核查等工作。在那里我足足工作了6个小时,但我一点也没觉得辛苦。

我参与志愿工作的最大感受就是中国政府对人民群众的安危非常关心。这段时间以来,我能切身感受到全体中国人民抗击疫情的坚定信念与团结有力的行动。一个可以在10天内建成一所医院的国家,一定有足够的能力打赢这场战"疫"。

中国是巴基斯坦最好的朋友。每位巴基斯坦人对中国的热爱如同对自己的国家一般。我知道中国有句古话叫"患难见真情",所以不管经历了什么,我们都应该坚定地站在一起。我相信我的第二故乡一定能够取得胜利。

(本篇文字来源:《北京周报》,原标题《我是武汉人,武汉我在你身边!》记者刘婷;《今日中国》向昊洋/译;《光明日报》,原标题《三个老外的中国战"疫"笔记》记者 邓晖 唐芊尔 陆健 宋喜群 张哲浩)

4."我相信她将最终成功"

　　中华民族是历经磨难、百折不挠的民族,困难和挑战越大,凝聚力和战斗力就越强。这是被历史一再证明的。处于这次新冠肺炎疫情防控第一线的中国,同样有能力、有信心、有把握彻底战胜疫情。

　　坚信中国政府采取的有力举措,中国人民同舟共济的民族精神和所有医疗卫生工作者的无私奉献,必将让中国打赢这场疫情防控阻击战。

——博鳌亚洲论坛理事长潘基文

　　我们看到了中国的齐心协力、同舟共济。这种上下一心的凝聚力令人肃然起敬。我希望并且相信这场疫情能够很快结束。

——塞尔维亚国际政治经济研究所研究员卡特莉娜·扎基奇

　　伟大的中国人民凭借坚强意志和领导机构,在外国友人的支持和帮助下可以消灭病毒。在习主席领导下,中国在感染最严重地区采取的隔离病患、提供医疗设备和人员等措施使很多人相信中国可以战胜这一疾病。

——前埃及外交部长助理穆罕默德·哈扎吉

　　友好的中国是一个负责任的大国,她全力且透明地对抗这一病毒和疾病,每天不止一次向外公布其所做工作,并通过各种方式控制这一疾病,我相信她将最终成功。

——开罗的埃中商会秘书长多亚·哈拉米

　　2月4日,在一年一度的联合国秘书长新年记者会上,秘书长古特雷斯对中国抗击新冠肺炎疫情所作努力表示了充分肯定。同一天,世界卫生组织总干事谭德塞再次呼吁各国不要对新冠肺炎疫情实施旅行和贸易限制,并警告说,这些措施可能会增加国际社会的恐惧。

　　曾经担任联合国秘书长、如今的博鳌亚洲论坛理事长潘基文也在4日专门为中国录制了加油打气的视频。他说,只要我们共同努力,勇敢保卫人民,无畏斗争，就可以谱写历史的胜利篇章。所以，请不要失去希望，胜利的荣耀终将会来临。

对中国的支援已经遍布全球各大洲。新华网发布的一段视频显示，在不到 48 小时的时间里，来自全球 13 个国家的 61 位艺术家接力录制视频，为中国打气，为武汉加油。他们说的最多的话就是：Stay strong！ We are with you, China！

为彻底防控住这场疫情，中国仍在进行着艰苦的努力。同舟共济，患难见真情。有各国人民同我们共克时艰，有这些善意和温暖，我们会更加坚定、也更有信心战胜这场疫情。

编 后 语

2020年，我们迎来一个不平凡的春节，本应合家团聚的喜庆节日，因为一场突如其来的疫情戛然而止。一时间，阴霾笼罩住昔日的活力之城。由武汉至全国的疫情牵动着每个中国人的心，随之而来的是一场不平凡的战"疫"。

中国举国上下为防控疫情付出了巨大努力。

2月9日，武汉防疫战发起全面总攻。超过3万名干部职工下沉到社区一线进行拉网式排查，确保患者应收尽收、不漏一人。英雄的医护人员挺身而出，有人甚至为此献出了宝贵的生命；英雄的武汉人民顽强坚守，为疫情防控作出了巨大牺牲。

疫情发生后，党中央高度重视。习近平总书记亲自指挥、亲自部署，中央果断决策，统一协调，全民响应，全国行动：一支支医疗队不畏艰险、驰援武汉；多地工厂迅速恢复医用物资生产，全力保证供应；铁路、航空、公路、航运和海关等根据各项防控举措，为救援物资开通"绿色通道"；商业和物价等部门力保人民群众生活需要；权威部门公开透明发布信息、媒体广泛深入报道；各类聚集活动全面暂停或取消；春节假期历史性地予以延长……非常时期的各项非常措施迅速出台，在全民的支持下迅速实施。这就是我们战胜这次疫情的最大底气。

我们深知，疫情依然严峻，这是一场没有硝烟的战斗，但恐慌不能驱散病魔，团结和信心才能让我们在这场没有硝烟的战斗中看到温暖、看到力量、看到希望，直至胜利。

武汉封城一个月后，2月23日，在统筹推进新冠肺炎疫情防控和经济社会发展工作部署会议上，习近平总书记强调指出：

"这次新冠肺炎疫情，是新中国成立以来在我国发生的传播速度最快、感染范围最广、防控难度最大的一次重大突发公共卫生事件。对我们来说，这是一次危机，也是一次大考。经过艰苦努力，目前疫情防控形势积极向好的态势正在拓展。实践证明，党中央对疫情形势的判断是准确的，各项工作部署是及时的，采取的举措是有力有效的。防控工作取得的成效，再次彰显了中国共产党领导和中国特色社会主义制度的显著优势。

"不获全胜决不轻言成功。

"坚决打好湖北保卫战、武汉保卫战。武汉胜则湖北胜，湖北胜则全国胜。

"有党中央的坚强领导，有中国特色社会主义制度的显著优势，有强大的动员能力和雄厚的综合实力，有全党全军全国各族人民的团结奋斗，我们一定能够战胜这场疫情。"

在这一个多月里，有关这场抗疫之战尤其是武汉的各种信息在以各种方式实时更新，不断牵动着14亿中国人的神经。广大的媒体人，其中不乏自媒体人，冒着被感染的危险，挺身而出，深入疫区，在第一时间记录下、传播出一例例实地实情、感天动地的画面和故事，鼓舞着我们坚持一下再坚持一下，做得多一点再多一点，不断地向前走下去。作为出版人，我们深表敬意。也正是因为他们的付出，世界才能看到武汉的坚守与逆行，感受到中国的精神和力量。

本书主要编选自各类媒体的报道和记述。我们编辑出版本书，就是希望能尽一份出版人的初心和责任，及时记录和传播这段难忘的历史，让海内外读者能在第一时间比较全面了解中国抗疫的真实情况。我们近期将首先在各大数字出版主流运营平台发布这本书的中、英文版电子版，免费开放，供中外读者阅读，以此致敬所有参与这次抗疫的人们。

由于编写时间仓促，信息也在不断更新变化，书中难免有不尽全面、准确的地方，敬请读者谅解。特别是书中取材来不及事先征得相关媒体及版权方授权，在此深表歉意并致以谢忱。

外文出版社本书编辑组
2020年2月

鸣 谢
（排名不分先后）

新华社　新华网　人民网　学习强国　中国网　中新社　央视网新闻　央视新闻微博视频　《人民日报》《人民日报》海外版　《人民日报》官方微博　《光明日报》《求是》《中国青年报》　湖北日报　《长江日报》《楚天都市报》《人民画报》《北京周报》《今日中国》《中国报道》《人民中国》《新民晚报》《潍坊晚报》《中国摄影报》《新周刊》　经济日报　湖北省人民政府新闻办公室官网　湖北之声　武汉市人民政府新闻办公室官网　武汉市委网信办官网　四川新闻网　湖北省归国华侨联合会　《中国纪检监察报》　中国交通报社　中国驻斯里兰卡使馆官网　侠客岛　百万庄通讯社　《环球时报》《新京报》　视觉中国　环球网　旗帜网　长江网　新浪新闻　搜狐网　腾讯网　凤凰网　腾讯新闻　腾讯视频　澎湃新闻　红星新闻　网易视频　一带一路报道杂志（微信公众号）《三联生活周刊》（微信公众号）《中国经济周刊》（微信公众号）《每日经济新闻》（微信公众号）《人物》（微信公众号）　武汉大学人民医院官网　吉林大学白求恩第一医院（微信公众号）　新华视点（微博）　铁血军事　十点图书　斯里兰卡小妞（微信公众号）　梨视频　老白屹（微博）等

上述鸣谢机构和个人不尽完备，敬请谅解。我们将尽可能联系到各位并支付使用费，也敬请我们漏谢和未联系上的相关版权方与我社联系，以便我们敬补鸣谢和使用费。

再次对这场抗疫战斗中挺身而出的所有媒体和记录者致以崇高的敬意和谢忱。

图书在版编目 (CIP) 数据

武汉封城：坚守与逆行 /《武汉封城：坚守与逆行》
编写组编.– 北京：外文出版社,2020.2
ISBN 978-7-119-12316-5

I. ①武 II. ①武 III. ①新闻报道－作品集－中国－当代 IV. ①I253

中国版本图书馆 CIP 数据核字（2020）第 030742 号

出版策划：徐　步　胡开敏
统筹协调：许　荣　于　瑛　王　洋
责任编辑：杨春燕　杨　璐　曹晓娟　熊冰頔　刘倩雯
正文设计：孙京华
封面设计：北京夙焉图文设计工作室
印刷监制：秦　蒙

武汉封城：坚守与逆行

本书编辑组

© 2020 外文出版社有限责任公司

出 版 人：徐　步
出版发行：外文出版社有限责任公司
地　　址：中国北京百万庄大街 24 号　　邮政编码：100037
网　　址：http://www.flp.com.cn　　电子邮箱：flp@cipg.org.cn
电　　话：86-10-68998085
　　　　　86-10-68995852
印　　刷：固安县云鼎印刷有限公司
开　　本：787mm×1092mm　1/16
印　　张：9.5
装　　别：平装
版　　次：2020 年 2 月第 1 版
　　　　　2020 年 11 月第 1 版第 4 次印刷
书　　号：ISBN 978-7-119-12316-5
定　　价：49.00 元